――大きな背中を見て育っ
ミオ
Mio Carmine
ゲオルグ
Georg Carmine
XII
現実主義勇者の王国再建記
Re:CONSTRUCTION THE ELFRIEDEN KINGDOM TALES OF REALISTIC BRAVE
どぜう丸
イラスト 冬ゆき

アイーシャの大剣と
ミオの二本の長剣が激突し、
火花を散らす。
「なかなか……やるっ」

『ミオ殿も』
アイーシャ
Aisha U. Elfrieden

WORLD MAP
OF THE ELFRIEDEN KINGDOM
AND NEIGHBORING COUNTRIES
魔王領
ラスタニア
王国
ノートゥン
竜騎士
王国
東方諸国連合
星竜連峰
グラン・ケイオス帝国
（白線は属国含む領土）
フリードニア
王国
傭兵国家
ゼム
トルギス
共和国
九頭龍
諸島連合

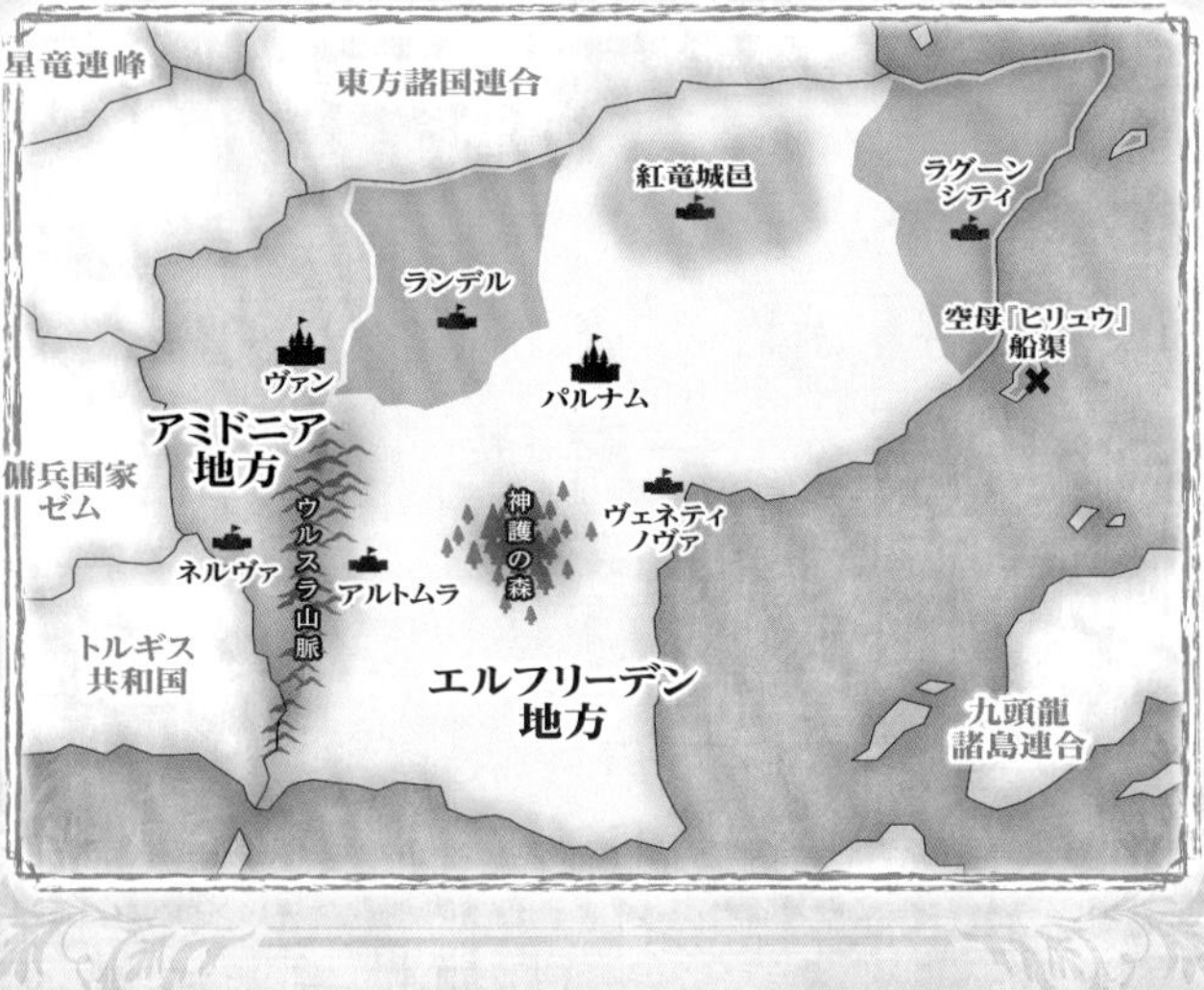
星竜連峰
東方諸国連合
紅竜城邑
ラグーン
シティ
ランデル
空母『ヒリュウ』
船渠
ヴァン
パルナム
アミドニア
地方
傭兵国家
ゼム
神護の森
ヴェネティ
ノヴァ
ネルヴァ
アルトムラ
ウルスラ山脈
トルギス
共和国
エルフリーデン
地方
九頭龍
諸島連合

現実主義勇者の王国再建記

Re:CONSTRUCTION
THE ELFRIEDEN KINGDOM
TALES OF
REALISTIC BRAVE

XII

どぜう丸
イラスト 冬ゆき

Re:CONSTRUCTION
THE ELFRIEDEN KINGDOM
TALES OF REALISTIC BRAVE

CHARACTERS

XII

アイーシャ・U・エルフリーデン
Aisha U. Elfrieden

ダークエルフの女戦士。王国一の武勇を誇るソーマの第二正妃兼護衛役。

ジュナ・ソーマ
Juna Souma

フリードニア王国で随一の歌声を持つ『第一の歌姫』。ソーマの第一側妃。

ロロア・アミドニア
Roroa Amidonia

元アミドニア公国公女。稀代の経済センスでソーマを財政面から支える第三正妃。

ナデン・デラール・ソーマ
Naden Delal Souma

星竜連峰出身の黒龍の少女。ソーマと竜騎士の契約を結び、第二側妃となる。

ソーマ・A・エルフリーデン
Souma A. Elfrieden

異世界から召喚された青年。いきなり王位を譲られて、フリードニア王国を統治する。

リーシア・エルフリーデン
Liscia Elfrieden

元エルフリーデン王国王女。ソーマの資質に気付き、第一正妃として支えることを決意。

ギャツビー・コルベール
Gatsby Colbert

元アミドニア公国財務大臣。現在はフリードニア王国の財務大臣を堅実に務める。

ユリウス・ラスタニア
Julius Lastania

元アミドニア公国公太子。ラスタニア王国のティア姫と結婚し、次期国王として政務に励む。

ゲオルグ・カーマイン
Georg Carmine

元エルフリーデン王国陸軍大将。ソーマにあえて反逆し、国内の不正貴族を滅ぼした。

カストール
Castor

元エルフリーデン王国空軍大将。現在は島型母艦『ヒリュウ』の艦長として国防海軍に所属。

ハクヤ・クオンミン
Hakuya Kwonmin

フリードニア王国の『黒衣の宰相』。諸学に通じ、戦略・政略・外交を担う。

トモエ・イヌイ
Tomoe Inui

妖狼族の少女。動物などの言葉がわかる才能を見出され、リーシアの義妹となる。

ジーニャ・M・アークス
Genia M. Arcs

『超科学者』を名乗るフリードニア王国随一の天才。幼馴染みのルドウィンと結婚。

イチハ・チマ
Ichiha Chima

チマ公国を統治するチマ家の末子。魔物研究の才があり、フリードニア王国に招かれる。

タル・オズミ
Taru Ozumi

トルギス共和国の鍛冶職人でクーとレポリナの幼馴染み。現在はフリードニア王国で鍛冶を指導。

トリル・ユーフォリア
Trill Euphoria

グラン・ケイオス帝国の皇家の三女。駐フリードニア王国大使で『穿孔機』の開発者。

Contents

Re:CONSTRUCTION
THE ELFRIEDEN KINGDOM
TALES OF
REALISTIC BRAVE

XII

第一章　獅子の娘

――大きな背中を見て育った。

父上は身体《からだ》も大きかったけど、それ以上に背負う物の大きさがその背中をさらに大きく見せていた。父上は背中に国を、国に住まう人々を背負い、敵と対峙《たいじ》してきた。

そして自分よりも家族よりも、仕える王家のために尽くしてきた。

王家に尽くすことが国を護《まも》るということであり、国を護ることがその国に属する家族を護ることだと信じていたからだ。

人付き合いは不器用であまり家庭を顧みる人ではなかったけど、私は娘としてその大きな背中が誇らしかった。みんなから頼られ、尊敬されるその背中が。

護るべきもののために敵を圧倒するその武勇が。誇らしくて、憧れた。

いつか父上のようになりたいと思い、武の道に生きることにした。父上は女の私が強さを求めることにいい顔はしなかったが、教えを請えば真摯に向き合ってくれた。

稽古を付けてくれたし、軍を率いる様を見せてくれた。

父上はあまり多くを話す人ではなかったけど、稽古での手合わせの度に多くを語り合っていた気がする。最初は加減されていた手合わせが、徐々に加減されなくなる度に「強くなったな」と褒められた気がした。

まあ不器用なので言葉にしてくれたことはなかったけど……。

結局、父上に勝つ日は来なかったけど、私は自分でもかなり強くなれたと思う。

……だけど。

そうして私に武人としての生き方を教えてくれた父はもういない。

父上の最後は反逆者として捕らえられての獄中死だった。

父上はあれほどまでに敬愛し、命懸けで仕えてきた王家に対して反乱を起こし、その戦いに負けて捕らえられた。そして獄中にて自決したという。

築き上げてきた名声は地に落ち、残ったのは反逆者としての汚名のみだった。

私は、そんな父上の顚末《てんまつ》を異国の地にて知ることになった。

父上が反乱を起こす直前に、家族である私たちと縁を切り国外へと出させたからだ。おそらく反乱が失敗したときに……いや、その反乱が失敗するとわかっていたからこそ、家族である私たちに累が及ばないようにしたのだろう。

母は父上の覚悟を感じ取ったのか涙を見せることなく父上の言葉に従った。

私はもちろん戦ってでも父上を止めようとしたが、不意打ちを喰《く》らって意識を失い、気が付いたときにはもう国外へと出ていて国には戻れなくなっていた。

そして父上が死んだという報を聞き、私は泣いた。

気丈にも泣かなかった母の分まで。

そして散々に泣きはらした後で、私は立ち上がった。

父上の真意を知るために。

あの王家への忠誠心にあふれた父上が、急な国王の交代劇があったからといって反乱を起こすなど考えられなかった。

新しく王位を譲り受けたソーマとやらの人となりは知らないが、父上が私と同じくらいに気に掛けていたリーシア姫がいたのだ。

姫様はソーマ王を献身的に支えていて、父上のもとには何度もソーマと直接話し合ってほしいという姫様からの手紙が届いていた。

しかし、父上はそのすべてを黙殺した。

そしてあれほどまでに気に掛けていた姫様を敵に回してまで反乱を起こした。

これは父上をよく知る者にとって考えられないことだった。

父上が姫様を危険に晒《さら》すような真似《まね》をするはずがない。

だからこそ、父上の反乱にはきっとなにか裏があるはずなのだ。

私は、それを知りたかった。

父上……ゲオルグ・カーマインの娘として。

◇◇◇

父上はその名を国内外に轟《とどろ》かせた優れた武人だった。

カーマイン公領のほとんどはエリシャ王妃様の父君、ソーマ王から数えれば先々代の国王陛下の時代の戦争で、当時の『アミドニア王国』から勝ち取った土地だった。

かつて敵国民であった民を統治し、また復仇《ふっきゅう》を狙い国名を『アミドニア公国』と変えた敵国と隣接するこの地は、生半可な者には到底治められない難しい土地だった。その地を拝領したカーマイン家の当主を務める父上が只人《ただびと》であるはずなどなかった。

時は経《た》ち、先々代国王崩御後の王位継承を巡る王族間での争乱が終結し、王家唯一の生き残りであるエリシャ様の夫であるアルベルト王が即位することとなった。

父上はアルベルト王と古くから友誼《ゆうぎ》を結んでおり、信頼も厚かった。

王国民からは畏怖され、アミドニアの民からは畏れられる存在。

それが私の父、ゲオルグ・カーマインだった。

――大陸暦一五四五年六月

ソーマ王が召喚される一年ほど前の話だ。

領地が敵対的な国家と隣接しているということは、いつ戦渦に巻き込まれるかわからないということだ。実際に、アミドニア公国の首都ヴァンとカーマイン公領の中心都市ランデルは目と鼻の先にあると言って良いほど非常に近い。

そのため国境線では両国の兵士たちが常駐し、互いの動向を監視していた。

そんな状況だからか、ここ十年ほどは公国との間で大きな戦は起きていなかったものの、国境付近では小競り合い程度の衝突は度々発生していた。

公国側はアルベルト王治世下の王国を『平和ボケしている』と喧伝《けんでん》していたようだが、カーマイン公領においてはそんなことはなかった。

その日も、国境となっていた川に架かる橋の近くで、王国軍・公国軍双方の監視兵による小規模な武力衝突が発生したとの報告があり、父上は副官のベオウルフ殿を連れて現地へと馬を走らせた。そのときは私も、無理を言って同行させてもらった。

「報告によれば死者は出ていないものの、魔法も使用されており、負傷者も出ているとのこと。いまは両軍の兵士たちが橋を挟んで睨《にら》み合っている状況です」

馬を走らせながらベオウルフ殿はそう報告した。

「魔法を使用したのは両国の兵士か？」

父上がそう尋ねるとベオウルフ殿は頷《うなず》いた。

「はっ。そのようです」

「……ならばいい。我が軍が過剰に攻撃すれば、公国側にいらぬ口実を与えかねん」

溜息《ためいき》交じりに父上はそう言った。私は……不満だった。

「父上、なぜそのように公国に気を遣うのです。国力も総兵数も我らの半分程度の国ではないですか？」

「ミオ様、それは……っ」

なにか言おうとしたベオウルフ殿を父上が手で制した。

「ミオ、そなたは国力と総兵数と言ったな？」

「はい」

「いまの王国に公国と戦う余裕があるか？」

「食料不足のことですか？　それは相手も同じかと思いますが」

「それだけではない。いまださきの王位継承にまつわる争乱の傷も癒えていない。騎士・貴族階級の中で不和や不満の種はそこかしこに根付いている」

「公国に寝返る者が出るということですか？」

そんなバカな。人口は少ないが肥沃な平野が少ない公国は、王国以上に食糧難が深刻のはずだ。いまそんな国に寝返るような者などいないだろう。

そう思って父上を見ると、父上は溜息を吐《つ》いた。

「あからさまな寝返りはせぬかもしれん。しかし、協力を渋ったり、情報を敵方に流したり、味方に必要な支援を送らなかったり、命令に対して遅延工作を行うなどといったことは十分に考えられる」

「そんな……子供の嫌がらせみたいなことを？」

「一つ一つはな。しかし、それが重なれば国の屋台骨が揺らぐ。アルベルト……陛下はそうならないよう必死で抑えているのが現状だ」

「……いまの王国では、公国相手に一枚岩にもなれない、と」

私が尋ねると父上は頷いた。

「アルベルト陛下は婿入りなため不満を抑えるのがやっとであろう。この国を正しく一つにするには〝次代〟に期待するしかない」

「次代……リーシア姫様ですか」

生き延びたただ一人の王族であるエリシャ様とアルベルト陛下のご息女。

「聡明《そうめい》な方と聞いています」

「少し融通が利かないところと、活動的すぎるところはあるがな」

父上は少しだけ苦笑しながら言った。リーシア姫様は姫でありながら、士官学校を卒業し、いまは父上に師事しながら働いているらしい。父上の王家に対する敬愛は深く、リーシア姫への態度は実の娘である私によりも父性に溢《あふ》れている気がする。

昔、拗《す》ねてそのことを母上に相談したら、母上は大笑いしていた。

『余所様《よそさま》の子ほど素直に可愛《かわい》がれるものよ。親としての責任がないのですから。貴女《あなた》も大きくなればわかると思うわ』

母はそう言っていた。そのときの私には理解できなかったけど、翌日から父上が私の稽古に付き合ってくれる時間が少し延びたのだった。おそらく母上が父上に私の思いを伝えたのだろう。なにも言わなかったが私と過ごす時間を増やしてくれたのだ。

父上はそういう不器用な人なのだと、私はこのときに理解した。

（でも、リーシア姫……か）

同じように父上に師事しているにもかかわらず、カーマイン家の跡継ぎとしての立場から、あまり軍部には関わらせてもらえないため接点はほとんどなかった。父上の近くで働けるというのは羨ましいかぎりだ。

「見えてきました」

ベオウルフ殿の言葉で我に返ると、件《くだん》の橋が見えた。その橋を挟むようにして両国の監視兵と、駐屯地から駆けつけた陸軍の兵士たちが睨み合っている状況だった。どちらかの兵士が剣を抜いたり、石の一つでも投げようものなら再度衝突しかねない雰囲気だ。

「おお、カーマイン公」

父上たちの到着を知り、王国側の兵士たちが橋までの道を空けるように割れた。ちょうどそのとき同じように公国側の代表も到着したようだった。

私たちが橋まで到着したとき、公国側から現れたのはハンサムだが冷たい目をした青年だった。そんな青年が屈強そうな武人を引き連れてやってきた。

「ゲオルグ・カーマイン殿とお見受けする」

冷たい目をした青年は父上を見ながら言った。

「私はアミドニア公子ユリウス。父の名代としてこの騒動を治めに来た」

公子、ということは現アミドニア公王ガイウス八世の息子ということか。公都ヴァンからも近いし、公王家の人間が直接出向いてきたようだ。

「如何《いか》にも。ゲオルグ・カーマインと申す」

父上が答えた。威厳のある声だったがユリウスは表情を動かさなかった。

「時間の無駄なので端的に話したい。こちらに現時点で貴国に対する攻撃の意思はない。此度《このたび》の衝突は現場の兵士たちの暴発という認識だ。そちらは如何に？」

ユリウスが事務処理でもするように淡々と言った。両国の兵士たちが傷つく事態にまで発展しているというのに、その声にはなんの感慨もなかった。

するとと父上がやがて口を開いた。

「……こちらも同じ考えだ」

「ならば双方引くということでよろしいか」

「承知した」

「父上っ」

あまりにも淡々と進む交渉に、私はたまらず口を挟んだ。

「本当にこれでいいのですか？　傷ついた者たちがいるのに、責任の所在を明らかにしないで……」

「控えよ、ミオ」

父上の目が私を射すくめた。私はグッと言葉を詰まらせた。

するとユリウスが「ふっ」と鼻で笑った。

「どちらが原因かなど追及したところで水掛け論にしかならず、時間の無駄でしょう。不満の火種は常に我々の中に燻《くすぶ》っているのですからな」

敵意の見える目でユリウスが言った。すると父がスッと前に出た。

「そうですな。全面衝突など、お互いに望むところではありますまい」

「っ……」

脅すような声ではなかった。静かな声だったにもかかわらず、父上の威風ある姿から発せられると重々しく感じられ、ユリウスが一瞬息を呑《の》んだのがわかった。

「承知した……気を配るとしよう」

「ええ。お互いに」

父上とユリウスは睨み合ったあと、話は終わったとばかりに双方ともに背を向けた。とりあえずの全面衝突が回避されたことで、双方は負傷者の搬送に移ろうとしていた。

そのときだ。一人の若者が公国側から駆けてきた。

「お待ちください！」

その若者は鎧《よろい》や軍服などは身につけて居《お》らず、背は高めだがヒョロリとしていて見るからに文官だろうという出《い》で立《た》ちをしていた。

「コルベール？」

彼を見てユリウスも眉根を寄せていた。なんで来たんだ、という顔をしている。

コルベールと呼ばれた青年は父上のもとまで駆け寄ると、手を前で組んだ。

「アミドニア公国財務官ギャツビー・コルベールと申します」

「……うむ」

父上は振り返るとコルベールを見下ろした。

「ゲオルグ・カーマインと申す。なに用かな？」

「っ！」

コルベールは父上の持つ武人としての空気に一瞬怯《ひる》んだようだったが、それでも勇気を振り絞るようにして立つと、真っ直《す》ぐに父上の獅子《しし》の瞳を見つめ返した。

「そ、そちらの攻撃により、領民たちが使用している船屋が破壊されています！　川での漁を生業とする者たちにとっての生命線であり、賠償していただきたく！」

「……こちらの攻撃とする論拠は？」

父上が尋ねるとコルベールは懐から紙を取り出した。

「現場からは風系統魔法による裂傷が確認されています。こちらの監視の当直メンバーの中には火と土系統の魔法使用者はいても風系統はおりませんでした。また兵士たちへの聞き込みからそちらに風系統魔法を使用する者がいたとあります」

「……………」

父上は資料と思われる紙を読んだ後で、フッと息を吐いた。

「……承知した。船屋の修理費は弁償しよう」

「ありがとうございます。見積もりはこちらで立ててよろしいでしょうか？」

「貴殿の目を信用しよう」

「承知しました」

そんな僅かな言葉を交わした後、戻ってきた父上に私は尋ねた。

「良かったのですか？　そんなにアッサリと非を認めてしまって」

「あの若者の目には王国に対しての敵意などはなかった」

そう言うと父上は小さく笑った。

「純粋に、被害を受けた者たちのためという思いがあった。我が輩の視線を受けても目を逸《そ》らさずに、真っ直ぐ見つめ返す気概があった。疚《やま》しいところがない証《あかし》だ」

父上は腕組みをすると、並んで去って行くユリウスとコルベールの背中を見つめた。

「為政者としてどこまでも計算尽《ず》くで、合理的に徹することができる公子と、武官にさえ怯まずに自分の意思を突きつける文官。アミドニアにも良き若者が育っているようだ。これは……油断できぬな」

「………」

父上が一目置く男たち。私もその背中を目に焼き付けた。

「ミオ、領地経営に関する座学に身が入らぬようだな」

帰路。父上がそんなことを言い出した。

「うっ……たしかに苦手ですが……」

「はぁ……そなたは武人としての才は悪くないのだがな」

父上は溜息《ためいき》交じりに言った。武人としては認めてもらえていて喜ばしい反面、溜息からは自身の至らない部分を突きつけられているようで複雑な心境になった。

「大領を預かる者が武勇一辺倒では困りものだ。我が輩も父からよく言われたものだ」

「父上がお祖父様《じいさま》にですか？」

「うむ。私も元は武勇一辺倒の男だったからな。妻の力を借り、長い時間を掛けて慣れていったものだが……そなたはどうも我が輩の血を濃く継いでしまったようだ」

「……面目ないです」

母上は聡明な女性で、陸軍大将として家を空けることの多い父上の代わりに、実質的な政務をとり仕切っている。私は母上の若い頃に似ているとよく言われるのに、そういった内政向きの血はまったく引き継がれてはいないようだった。

「い、いざとなれば内政に強い婿を迎えましょう！」

「……まあ、そうなるであろうな」

父上はボンヤリと空を見上げた。

「願わくはあの若者のような、気骨ある文官に来てもらいたいものだ」

「………」

諦観気味に言う父上と、なにも言えなくなった私。

そんな私たち親子のやりとりをベオウルフ殿が声を殺して笑っていた。

◇　◇　◇

しかし、私がカーマイン公領を継ぐ日は来なかった。

あれから三年ほどの時が流れた。

「それでは行ってきます、母上」

私は背中に二本の長剣を背負い、フルフェイスの兜《かぶと》を小脇に抱えながら見送ってくれる母上に言った。私と同じで頭に獅子の耳が載った母は、少し困ったような顔をしながら頬に手を当てて溜息を吐《つ》いた。

「ミオ……あの人のことで、貴女が危険を冒す必要はないのですよ？　そんなことはあの人だって望んでいないでしょう」

「……そうかもしれません。でも、私はこのままなんて嫌なんです」

私は獅子の尻尾が力なく垂れている母の肩にポンと手を置いた。

「形はどうであれ、父上は覚悟を持って戦ったのだと思います。だからこそ、なにが真実なのかを知りたいんです。もしも……父上が本気で今の王を倒したいと願っていたのだとしたら、そのときは……」

「ミオ、あの人は私たちを巻き込まないようにと……」

「それはわかっています。ですが、私はもう心を決めたのです」

真っ直ぐに母上の目を見て言うと、母上は観念したように溜息を吐いた。

「一度覚悟を決めてしまうと絶対に曲げないその頑固さは、あの人譲りですね」

「それはもちろん。娘ですから」

「そうですか……」

母上はそう言って目を伏せた。そして、

「……だとしたら、思うようになさい」

そう言って真っ直ぐ私の目を見返した。

私を見つめるその目には強い輝きがあった。

「その覚悟がどのような結果を導こうとも受け止めましょう。意志を貫くのがあの人の血だというのならば。それがあの人の妻であり、貴女《あなた》の母である私の覚悟です」

「母上……」

私は胸に熱いものが込み上げてきて、涙が出そうになった。

だから私は兜を被《かぶ》り、母上に背中を向けながら言った。

「絶対に、優勝します。そして願いを叶《かな》えて見せます」

「……無理だけはしないでちょうだい。ミオ」

母上の言葉を聞きながら、私は家を出たのだった。

第二章 ✦ 招待

――大陸暦一五四八年八月下旬・パルナム城

「ほら、カズハ。あ～ん♪」

「(はむっ)」

まだまだ暑い日が続いている日の宵。

俺とリーシアはリーシアの部屋でシアンとカズハにご飯をあげていた。

カズハの口に小さな匙《さじ》でご飯を運ぶ。

おもちゃやよだれかけなど、なんでもかんでも口でハムハムするカズハだけど、離乳食は口に入れてもらうまでは食べない。それでも一回口の中に入れられれば、口の周りをべちゃべちゃにしながらもニコッと笑って食べる。

まるで食べさせてもらうのを楽しんでる感じだ。

(赤ん坊ってなに考えてるかわからないよな……可愛《かわい》いけど)

最近では離乳食の割合も増えてきたので、俺でもこうして子供たちにご飯をあげられるようになった。まあ女医ヒルデの話では離乳食後には母乳で栄養を補完すべきとのことなので、横ではリーシアがさきに食べ終わったシアンにおっぱいをあげている。

生まれてから約八ヶ月ぐらいが経過し、二人ともリーシアに似た色の髪の毛が生えそろってきている。

ハイハイもできるようになったので、とくにカズハは落ち着きがなくあっちこっち移動して、リーシアやほぼ双子の専属侍従《メイド》になっているカルラをハラハラとさせていた。

一方のシアンもハイハイはできるものの基本的にはのんびりとしていて、熊のぬいぐるみや木製の積み木（誤飲が怖いので大きな物を用意した）などを与えてみればお座りしてひっくり返して観察したり、ペチペチと叩《たた》いたり、積み木の丸めた角を舐《な》めたり、ぬいぐるみの耳をハムハムと甘嚙《あまが》みしたりしていた。

そんな風に省エネな感じのシアンだったけど、元気のいいカズハに突撃されてコロンとひっくり返ったり、気付けば親亀に乗る子亀のように背中に乗っかられたりして結構エネルギーは使っているようだ。夜になると二人ともぐっすりと眠ってくれる。

カズハに離乳食を食べさせ終えたところで、俺はリーシアに尋ねた。

「もう食べ終わるけど、いける？」

「うん。シアンはもうお腹《なか》いっぱいみたい。それじゃあ交換ね」

「あいよ」

リーシアからシアンを受け取り、代わりにカズハを彼女の腕の中に納めた。カズハは『これは別腹です』と言わんばかりに、早速リーシアのおっぱいを飲んでいた。

一方、シアンはというとお腹いっぱいになったためかすっかり微睡《まどろ》んでいた。

「……たっぷり食べて、たっぷり寝て、健やかに育ってくれよ」

「ふふっ、親っぽい言葉ね」

「そりゃあこの子たちの親ですから」

そうして穏やかな時間を過ごしていたのだけど、俺は溜息を吐いた。

「でも、またしばらくこの子たちの顔が見られなくなるんだな」

「……〝あの国〟にいくのね」

リーシアにそう問われ、俺は頷《うなず》いた。

「婚礼の儀よりも前に招待されていたからな。断ってもよかったんだけど……放置しておくのが怖い問題もある。それに行くべき理由は他にもあるしな」

俺が自ら行かねばならないだろう。

「私も行きたいけど、ダメなのよね？」

「……ああ。いざというときのことを考えると」

「わかってるけど……歯痒《はがゆ》いわね」

リーシアはそう言って顔を伏せた。

「本当は、私がケジメをつけるべき問題なのに。あの人に師事した者として」

俺はカズハを抱きかかえたリーシアの横に座り、その肩を抱き寄せた。

「この子たちのためにもリーシアは連れて行けない。一応、万全の準備はしていくつもりだけど、他国だしなにが起きないともかぎらないからな」

「……」

「まあ今回は精々一週間くらいで帰ってくるからさ。リーシアが気にしていることについても、なるべくなんとかしてみせるから」

「……無理はしないでね。この子たちのためにもちゃんと無事に帰ってきて」

「わかってる」

俺たちはしばらくの間、そうやって寄り添っていた。

◇◇◇

――翌日。パルナム城政務室。


「ゼムで『大武術大会』……ですか？」

この場に集まった者たちを代表するようにアイーシャがそう聞き返した。

いまこの部屋にいるのは俺、妃《きさき》のアイーシャとロロアとナデン、宰相ハクヤ、俺の教育係兼ご意見番であるオーエンとハルの親父《おやじ》さんであるグレイヴ・マグナの七名だった。

昨日話したリーシアはともかく、もう一人の妃であるジュナさんがここに居ないのは国防軍総大将エクセルの治めるラグーンシティに行ってもらっているからだ。

どうも最近になって東の海上にある国家『九頭龍《くずりゅう》諸島連合』の動きが慌ただしくなっ

ており、エクセルと共に情報収集に当たってもらっていた。

（俺としてもいまは西より東に注力したかったのだけど……）

そんなことを考えていると、ロロアが腕組みをしながら言った。

「聞いたことあるわ。国を挙げての一大イベントらしいな」

傭兵《ようへい》国家ゼム。傭兵隊長ゼムが興した傭兵の国だ。

アミドニア地方よりも起伏に富んだ地形と、保有する強力な傭兵部隊（と言う名の国軍）が外敵を跳ね返す堅牢《けんろう》な国家だ。永世中立を謳《うた》いながら、他国の要請に応じて傭兵を派遣する契約を交わして外貨を稼いでいる軍事国家とも言える。

大陸暦一五四六年に起こったゲオルグ・カーマインの謀反劇の際に、不正貴族がゼムの傭兵を用いていたのは記憶に新しいところだ。もっとも、追い詰められていた不正貴族が雇えたのは身代金が二束三文にしかならないような三下が精々だろう。

『ゼムの精鋭部隊が来ていたら、あの程度の攻勢ではすまなかったでしょう』

……と、あとでハクヤが言っていた。

そんなゼムでは近々、年に一度の『大武術大会』が開かれるらしい。

「ゼムはうちみたいに年がら年中お祭りやっとる感じやないし、その分、この大会にかける情熱は相当なもんや。商人たちも集まってお金も物も大きく動くらしい」

「うちを基準に考えるべきじゃないんだろうけどね」

王国内にある宗教の国教化を進めてから、春告祭のように各宗教の祭祀《さいし》を大々的に行うようなイベントが増えたからな。いまじゃ月一でなにかしらのイベントがあるし。

するとアイーシャが小首を傾《かし》げた。

「えっと……その大会に選手を出すということでしょうか？」

「あー違う違う。その決勝大会を観覧に来ないかと、いまの傭兵王ギムバール・ド・ゼムから招待を受けたんだ。もっとも招待状自体が届いたのは俺たちの婚礼の儀よりも前なんだけどな」

俺はみんなの前にゼム王から届いていた招待状を置いた。

「俺たちが東方諸国連合に援軍として出ていたころ、西の国境を守っていたオーエンとヘルマンのもとに届いたそうだ。だな？　オーエン」

「はっ」

オーエンが重々しく頷いた。いつもは五月蠅《うるさ》いくらいに元気な爺《じい》さんなのだけど、今日は言葉も少なく顔色も冴《さ》えなかった。

その理由はわかっているので、そのことには触れずに話を進めた。

「ハクヤ、ゼム王の思惑はなんだと思う？」

「傭兵契約を打ち切った我が国との国交を再構築したい。そのためにも自国が有する傭兵たちの強さを見せつけたいのでしょう」

「示威行動……ってことか」

「はい。再契約させられればベストですが、それが無理でも自国の強さをアピールして敵に回すことの恐ろしさを見せつけたい……といったところでしょうか」

「それだけのために、ダーリンが国交も結べてない国に行くん？」

ハクヤの説明を聞き、ロロアは面白くなさそうに言った。

「そんなん無視すりゃええんとちゃう？」

「まあ無視はさすがに問題だけど、丁重にお断りするつもりではいたんだ。ただ……そうも言っていられない事情がいくつかできてしまってな」

俺は肩を落としながら言った。

「まずはこの招待状を届けに来たゼムの使者が問題なんだ」

「人物？　誰なん？」

「ミオ・カーマイン。先の陸軍大将ゲオルグ・カーマインの娘だそうだ」

「なっ!?　ミオ様ですと!?」

ハルの父グレイヴが大きな声を出した。

ゲオルグ・カーマインの偽の反乱劇において、ベオウルフと並んでゲオルグの片腕であったグレイヴは、ゲオルグから後事を託される形で俺のところに来た。

戦後はゲオルグの居城であったランデルなど彼の旧領の一部を任せている。

ただグレイヴはランデル拝領後もランデル城には住まずに城下に館を構えて、政務を行うときにだけ登城しているらしい。

彼の中でゲオルグへの敬愛がまったく薄れていない証《あかし》だろう。

そんなゲオルグの一人娘であるミオの名前が出てきたことで、グレイヴは冷静で居られなくなったようだ。グレイヴは手紙を受け取ったオーエンに詰め寄った。

「オーエン殿。その使者は間違いなくミオ様だったのか!?」

「……まず間違いなかろう。使者は獅子《しし》の獣人族の証である尻尾を持ち、二本の長剣を背負った女騎士であった。立ち居振る舞いにも見覚えがあった」

「なんということだ……」

グレイヴは額を手で覆った。ゲオルグは反乱の際、家族には累が及ばないようにとあらかじめ妻と娘を離縁し、国外へと退去させていた。

俺はゲオルグの意志を酌み、彼女たちの捜索はさせなかった。居場所が判明してしまえば彼女たちを利用しようとする者、利用しようとする者に利用されないうちに処理したいと考える者の手によってかえって危険に晒《さら》されてしまうからだ。

しかし、そのミオがいまゼムにいるという。

彼女がいまなにを思い、どういう考えを持ってゼムにいるのか……グレイヴとしてはどうしてもその身を案じてしまうのだろう。

残念なことにそんなグレイヴをさらに心配させる情報もあった。

「そのミオなんだけど、どうやら武術大会の決勝大会に勝ち残っているらしい」

「なんですと!?」

「すごいけど……それのなにが問題なの？」

ナデンが首を傾げていた。

「ソーマのことを恨みに思って国内に潜伏している……とかなら危険視するのもわかるけど、他所《よそ》の国の武術大会に出ること自体は問題ないんじゃない？」

ナデンの疑問も当然だった。だけど、ことはそう単純じゃない。

「それにはゼムの特殊なお国事情が関わっているんだ。ハクヤ、説明を頼む」

「御意」

ハクヤは壁に掛かった地図の前に立ち、ゼムを指し示した。

「傭兵国家ゼムは傭兵王と呼ばれたゼムが建国したということは皆様もご承知のとおりだと思います。グラン・ケイオス帝国の初代皇帝マナスが台頭するなど、大陸が動乱期を迎えていたころ、彼《か》の地は諸都市の支配者が覇権を争う地域でした」

「いまの東方諸国連合みたいな感じか？」

「似たようなものですね。そして争乱の多い土地ですので、職にあぶれた者たちや戦火に家を焼かれた者たちは傭兵となって食いつなごうとしました。諸侯もまた戦のためにそんな傭兵をかき集めるようになり、傭兵が産業として発達する下地ができたわけです」

ハクヤの説明に俺はなるほどなと感心させられた。

傭兵国家として成立するまでにはそういった歴史の積み重ねがあるのだな。

ハクヤは「ただし……」と話を続けた。

「当時の傭兵は使い潰されるだけの戦闘奴隷のような扱いを受けていました。民衆は続く戦乱に呻き、傭兵たちは使い潰される不満を抱えていました。そのような空気の中で現れたのが、類い希なる指揮能力と武勇を誇った傭兵隊長ゼムです。ゼムは虐げられていた傭兵たちを束ねて反乱を起こし、次々と諸都市を制圧し、傭兵のための独立国家を造り上げたのです」

　まるで映画にでもなりそうなスペクタクルの果てに建てられた国家のようだ。

　実際、ゼムの一代記は戯曲になっていて人気もあるそうだ。

　この建国話を聞いたとき、俺の脳裏には男たちを率いて戦うフウガの姿が浮かんだ。

　きっとあんな感じの英雄だったのだろう。ハクヤは説明を続けた。

「そのように力によって建国された国家ですから、なによりも尊ばれるのは『強きこと』なのです」

「なんや、アミドニアの国是に似とるな」

　ロロアがそう言うと、ハクヤは「はい」と頷いた。

「ただしアミドニアが『怨恨を晴らすために相手より強くあれ』というものであるのに対し、ゼムは『強ければすべての望みを叶《かな》えられる』という感じらしいのですが」

「強ければすべての望みが叶うですか？　短絡的過ぎる気がしますが……」

　アイーシャは首を捻《ひね》ったが、ハクヤは肩をすくめた。

「彼の国ではゼムは強さで国を興し、王となったのだと信じられてますからね。本当に着目すべきは、意思統一も難しい傭兵をまとめ上げたカリスマ性のほうだと思いますが……

これはまあ言っても仕方のないことでしょう」

「こういうのって当人たちがどう認識するかだしな」

「な、なるほど……」

俺の補足にアイーシャは納得したように頷《うなず》いた。ハクヤは続けた。

「そして、その『強ければ』というのが端的に表れているのが、この大武術大会の優勝賞品です。その賞品とは『願いを叶える権利』です」

賞品が願いを叶える権利と聞いて、皆ポカンとした顔をしていた。

俺も初めて聞いたときには随分と漠然とした賞品なんだなと呆気《あっけ》にとられたものだが、詳しく聞くとあの国のとんでもなさに驚かされることになった。

「もちろん『叶えられるかぎり』という前提条件は付きます。死者を蘇《よみがえ》らせるなどの誰にも不可能な願いは叶えられません。しかし、人に叶えられる願いならばほとんど叶えることができます。仮に『金』と答えれば設定されている上限までの大金が優勝者に支払われます。『女』と答えれば、文字通り自分の望む女性を娶《めと》ることができます」

「「　そんなっ　」」

女性陣の視線が険しくなった。

意に染まない相手と無理矢理結婚させられる女性を不憫《ふびん》に思ったのだろう。

（……でも、これって逆パターンもあり得るんだよな）

女性が優勝した場合は男性が結婚させられるってこともありうるだろう。

うちの嫁さんたちのようなパワフルな女性を見ていると、そういう事例も多かったのではないかと思ってしまう。やぶ蛇なので口には出さないけど。

「そして叶えられる願いの中には『国王になる』というものもあります」

「えっ!? 国王もですか!?」

「はいさっきも言いましたがこの国では強さが尊ばれます。国民からしてもゼムを率いる王は国でも最強の戦士であってほしいのです。そのため、国王になりたいと願う者は賞品として現国王に挑む権利が与えられるのです。そして現国王に勝つことができれば挑戦者が新たな王として即位し、ゼムの名跡を継ぐことになります」

「なんと……」

そう、ゼムはなんと腕っ節による政権交代を認めている国なのだ。

現国王であるギムバール・ド・ゼムも前国王を打ち破って即位した王らしい。ゼムを名乗ってはいるものの、初代傭兵王ゼムとは血縁関係はないようだ。

「そのようなやり方でよく国家が運営できますなぁ」

グレイヴは腕組みをしながら唸《うな》った。

「国王が握るのは軍権と外交のみで、内政は官僚組織が行っているようです。国王が替わっても官僚組織は変わらないので問題なく運営ができているようですね」

「ですが、だとすると官僚の力が大きくなりすぎませんか?」

「ゼムは強さを尊ぶ国です。私のような文官の地位は下も下ですので、奴隷のように働かされているだけですね。仮に官僚が不正を行っていると報告があった場合は傭兵王自らがその官僚の屋敷に乗り込んで、配下共々まとめて成敗したという話も聞きます」

なにそのリアル暴れん坊○軍みたいなヤツ。いや暴れん坊傭兵《ようへい》王か？

「もし悪人が優勝したらどうなるの？　国王にしちゃっていいの？」

ナデンの疑問にハクヤは頷いた。

「ええ。優勝さえすればどんな人物でも国王になれます。しかし、度が過ぎた悪政を敷けば早晩破滅することになります」

「？　どういうこと？」

「傭兵の国ということもあって人々は独立心が強く、反乱を起こしやすい土壌があるのです。国王の横暴が過ぎればたちどころに反乱が起きるでしょう。そして、いくら国内最強の武勇を持っていても度重なる反乱に一人で対処することなどできません」

「まあ優勝すればある程度の願いは叶うわけだし、なんの意志もなく、柵《しがらみ》の多い国王になろうとするヤツはいないだろう。面倒事を背負い込むだけだし」

「へえ、うまくできてるのね」

俺がそう言うと、ナデンが感心したようにそう言った。

……本当にそうだろうか？

俺には危ういバランスの上になんとか成り立っている国のように思える。

なにかの弾みで空中分解しそうな、

なにかがなくても時代の流れの中でやがてバランスを崩しそうな、そんな感じだ。

きっと彼の国はこれから時代の流れに取り残されることになるだろう。

俺は立ち上がるとみんなに向かって言った。

「そんなわけだから、たかが武術大会と侮ることはできない。そしてその決勝大会にゲオルグの娘ミオが勝ち残っているという」

皆が一様に息を呑《の》んだ。ゲオルグの娘であり、王国や俺に恨みを持っているかもしれない人物が、自身の願いを叶える機会を得るかもしれないのだ。

これは……なかなかの脅威となり得る。

「彼女が大会に勝利してなにを願うか次第では、この国にも影響が出るかもしれない。もし王国への恨みを抱えたまま、国王にでもなろうものなら」

「敵対国家が一つできることになるわな。かつてのうちみたいな」

元アミドニア公女のロロアが溜息《ためいき》交じりに言った。俺は頷いた。

「とにかく、ミオがなにを考えているかわからないからこそ不安なんだ。彼女の真意を探るためにも俺はゼムに行かなくてはならない」

そして仲間たちを見回しながら俺は言った。

「そして同行メンバーだが安全と機動力を考えて人数は極力減らしたい。まずアイーシャとナデンには来てもらいたい。二人には俺の護衛を任せることになるだろう」

「はい。了解です」

「合点承知よ」

二人は頷いてくれた。俺は今度はグレイヴとオーエンを見た。

「ミオの真意を探るためにも、旧知であるグレイヴには来てほしかったけど、俺の不在に国防陸軍のとりまとめ役が国を離れるわけにはいかないだろう。代わりに面識のあるオーエンが同行してくれ」

「はっ、了解しましたぞ」

「……仕方ありませんな。愚息やルビィ嬢は連れて行かれませんか？」

グレイヴにそう尋ねられて、俺は首を横に振った。

「ドラゴンを二人も連れて行くとなると向こうが難色を示すだろう。ナデンを連れて行くためにもルビィは残す。ハルだけとなると無理に連れて行く必要性を感じない。第一夫人《カエデ》も妊娠中であることだし、今回はいいだろう」

「そうですか……陛下、ミオ様のこと、どうか……」

ミオのことを相当心配しているのだろう。苦渋の顔をしていた。

「できるかぎり考慮はしよう」

「……よろしくお願いします」

グレイヴが引き下がると、ロロアが「あっ」と声を出した。

「それならコルベールはんを連れてったらどう？」

「コルベールを？」

「ほら、アミドニア公国とカーマイン公領ってお隣さんやったやろ？　国境線では頻繁に小競り合いが発生していたようやし、兄《あに》さんとコルベールはんはその処理のために、カーマイン親子と何度か顔を合わせとったはずや」

「そうなのか……」

敵対的な関係だったからこそ意外な繋《つな》がりがあるものだな。

オーエンのようにカーマイン家に親しみを持っている者ばかりだと色眼鏡で見てしまうかもしれないし、ミオの真意を探るためにも情報は多角的なほうが良いか。

「わかった。コルベールも連れて行こう」

「ニャハハ、コルベールはんが留守の間はうちが財務部門とり仕切ったるわ」

ロロアが楽しそうに笑った。ロロアの経済センスはずば抜けているけど、その分、ハイリスクハイリターンな方法を選びがちだ。それを財布の紐《ひも》が固いコルベールが上手《うま》くバランスを取っている感じなんだけど……大丈夫だろうか？

「あまり無茶なことはしないでくれよ。帰国したコルベールが泣かないように」

「一週間くらいやろ？　大丈夫やって」

その天真爛漫《てんしんらんまん》な笑顔を信じていいのだろうか。……不安だ。

ともかく、同行メンバーがきまったところで、

「そして……ハクヤ」

「はっ」

俺は最後に宰相のハクヤに言った。

「ゼム行きを決めた〝もう一つの理由〟のため、準備を進めておいてくれ」

「はっ。承知いたしました」

ハクヤは恭しくお辞儀した。これですべての指示は出し終わった。

あとはゼムで鬼が出るか蛇が出るかなのだけど……。

（なんとか平穏無事に事が済めば良いんだけどなぁ）

そう願わずにはいられなかった。

第三章 ✦ 傭兵国家ゼム

――大陸暦一五四八年九月某日

「は～、見事に山ばっかりだな」

龍の姿のナデンの背中の上で、俺は景色を眺めながらそんなことを言った。

俺たちはいま傭兵国家ゼムの上空にいた。

ゼム王ギムバールの招待を受け、大武術大会の決勝大会を観戦するために向かっているところだった。隣にはアイーシャたち同行メンバーが乗っている飛竜《ワイバーン》四頭立てのゴンドラが併走（併飛行？）している。

最初は俺たちもゴンドラの中にいたのだけど、外の景色があまりに良かったのでナデンが空を泳ぎたいと言い出したのだ。

俺はそれに付き合わされる形で空中散歩をしていた。

眼下に広がるのはすごく綺麗《きれい》な景色だった。

アミドニア地方も十分山ばかりだったけど、ゼムの山々はさらに高く大きくて、遠くから見ると青く輝いて見えた。そんな山々の開けた場所に集落が点在していて、人々が羊か羊駝《ラマ》のような白い毛の生き物を放牧しているのが見える。

なんというかアルプスの少女でもいるんじゃないかと思う光景だった。

俺はナデンの背中を撫《な》でながら尋ねた。

「ナデンはどうなんだ？　やっぱりこういう山の多い景色のほうが落ち着く？」

『星竜連峰が山ばかりだから？』

「ああ。パルナムの近くにあるのは水源になってる中くらいの山くらいだし」

『考えたこともなかったわね……ドラクル自体は平らだし、山には獲物を狩るときぐらいしか入らなかったから』

「ああ、ナデンの洞窟で食べた鹿肉は美味《おい》しかったな」

臭みが少なく肉質はしっとりしてたっけ。また食べたい味だ。

『フフフ、今度狩ってきてあげましょうか？』

「そりゃあいいな。今度は醤油《しようゆ》と生姜《しようが》でしっかりと匂いを消してから焼いたのを食べてみたい。あっ、でも返り血まみれでは帰ってくるなよ？　城内で騒ぎになったらリーシアの長時間お説教コースだからな」

『合点……というか重々承知よ』

あ、合点承知以外のパターンもあるのか。

そんなとりとめもないことを話していると遠くに目的地が見えてきた。

山を背にそびえ立つ年季が入ってそうな古めかしい城。

歴代のゼム王が武勇によってその名と共に継承してきたブラン・ゼム城だ。

ちなみにブラン・ゼム城が見下ろす位置にあり、決勝大会が行われるコロシアムがあるこの国の首都の名前もゼムシティだった。この国随一の英雄であるゼムの名は、都市から料理名にいたるまでいろんな場所に付けられている。前に居た世界の感覚で言うと『信玄堤』とか『信玄餅』のような感じだろうか。

他国の人間からすればそこまでするかという感じだけど、それだけこの国の人々にとって初代傭兵王ゼムは英雄視されているということなのだろう。

『目的地はあの城ってことでいいのよね？』

「ゼム側からは城の中庭に直接降りるようにと言われてる」

『いきなり攻撃とかはされないわよね』

「そんなバカなことはしないだろうけど……もしものときは飛んで逃げよう」

すると城のほうから飛竜騎兵《ワイバーン》が一騎、こちらに向かって飛んできた。

その飛竜騎兵《ワイバーン》はナデンの横に並ぶと手を前に組んで一礼した。

「フリードニア王ソーマ殿のご一行とお見受けします！　ゼム王の命によりお迎えに上がりました！　先導するので付いていきていただきたい！」

「あいわかった。よろしく頼む」

俺たちは飛竜騎兵《ワイバーン》の先導を受けて飛び、ブラン・ゼム城の城壁を越えてその城の中庭へと降り立った。当然ながら対空連弩砲《れんどほう》に狙われるようなこともなかった。

中庭には花などは植えられておらず、マッチョな石膏像《せっこうぞう》が置かれているだけだった。

そんな石膏像にまけない筋骨隆々の兵士たちが整列して俺たちを出迎えた。

ナデンが人の姿に戻るのにあわせて飛び降りると、同じく降り立った飛竜《ワイバーン》のゴンドラからアイーシャが出てきて俺のそばまで駆け寄ってきた。

「陛下、くれぐれも私とナデン殿の傍《そば》を離れませぬように」

「……わかってる。護衛を頼むアイーシャ、ナデン」

「合点承知」

不正貴族との戦いのときに、俺たちはゼムの傭兵《ようへい》たちと戦っている。整列した兵士たちの中に身代金と引き換えに解放された傭兵がいないともかぎらないからな。

ちなみにコルベールの護衛役はオーエン爺《じい》さんにお願いしている。

護衛兵は他にも連れてきていて、数名の黒猫部隊を紛れ込ませていた。

「わかれーい！」

誰かが発した号令に、整列した兵士たちがサッと二つに分かれた。

そうしてできた人垣の真ん中を一人の男が歩いてきた。

片目に眼帯を着けた筋骨隆々な中年の大男だった。体格としてはオーエンに近いだろうか。その男は俺の前に立つとその太い両腕を広げた。

「我が国ゼムへようこそおいでくださった。フリードニア王ソーマ殿」

「貴殿が……ギムバール殿ですか？」

「いかにも。ギムバール・ド・ゼムと申します」

「お招きありがとうございます。ゼム王ギムバール殿」

俺たちは国の代表同士として握手をした。

ギムバールが本気なら俺の手など簡単に握りつぶしてしまいそうだけど、多少強いくらいに加減してくれたようだ。俺はギムバールにアイーシャとナデンを紹介した。

「ギムバール殿、私の妻のアイーシャとナデンです」

「お初にお目に掛かります。ギムバール殿」

「お、お初にお目に掛かります」

アイーシャが胸に手を当てて一礼し、ナデンもそれに倣って一礼した。

二人を見たギムバールは感心したように短めのアゴ髭《ひげ》を撫でた。

「ソーマ殿の奥方は強く美しき戦士のようだ。とくにアイーシャ殿、貴殿が武術大会に出場したならば優勝も狙えるのではないだろうか。優勝して我が輩に勝てばこの国の王となることもできましょう」

武人としてのアイーシャのオーラに刺激されたのか、ギムバールはやや挑戦的な目でそう言った。アイーシャはその視線を真っ直《す》ぐに受け止めて言った。

「お褒めにあずかり光栄ですが、私の幸せは王国に……陛下のおそばにありますので。ゼムで叶《かな》えたい願いはありません」

そう堂々と言い切るアイーシャの姿はとても凜々《りり》しかった。

食べ物が絡むと少々ガッカリになってしまうアイーシャだけど、戦士としての姿は相変わらず惚《ほ》れ惚《ぼ》れするほど凜々しく美しかった。

そんなアイーシャの言葉を聞いてギムバールはカカカと笑った。

「そうですか……いやはや、惚れぬかれておりますなぁ」

「自分にはもったいない妻たちです」

「さて、移動で疲れたことでしょう。まずはお部屋にておくつろぎください」

「ありがとうございます」

するとギムバールはパンパンと手を叩《たた》いた。

すると兵士の間から甲冑《かっちゅう》に身を包んだ人物がこっちに向かって歩いてきて、俺たちの前に片膝を突いた。兜《かぶと》で顔は見えないけど胸鎧《よろい》の形状から女性であることがわかった。

その人物は兜をとって小脇に抱えた。俺よりも少し年上らしい整った顔立ちが現れ、黄土色のショートヘアの上にはネコ科の耳が乗っかっていた。

「っ！　やはりっ……」

俺たちより数歩下がった位置にいたオーエンからそんな言葉が漏れた。

（……ということは、このネコ科の獣人族の女性がミオなのか）

あのゲオルグの娘ミオ・カーマインなのだろうか。

獣人族は男性と女性で特徴に乖離《かいり》がある種族も多いけど、あの厳《いか》ついライオン顔からは想像がつかないような綺麗な女性だった。

するとギムバールは彼女の肩に手を置きながら言った。

「明日の決勝大会までご自由に過ごしてもらって構いません。もしも城下を見て回りたいのであれば、彼女を案内役として付けますのでお尋ねください。彼女は大会参加者なのですが、王国出身と言うことで協力をお願いした次第」

……たしかに王国出身者ではあるけど。すると、

「お初にお目に掛かります。ミオと申します」

顔を上げた彼女は真っ直ぐな目で俺を見つめていた。

「間違いありません。あれはカーマイン公のご息女ミオ殿です」

それぞれの部屋へと案内されたあとで、俺と妃《きさき》たちのために用意された大部屋に主要な仲間たちを集めると、オーエンが心痛そうな顔で言った。

「ええ、たしかにカーマイン殿のご息女でした。何度か会ったことがあります」

コルベールもそう請け合ったので間違いないだろう。

反逆者であるゲオルグの娘だというミオ。それを案内役に付けたということは、まず間違いなくギムバールは彼女の素性を知っているということだ。

ミオがなんらかの思惑があって武術大会に参加しているのは明らかだ。

そんなミオと俺たちを接触させたギムバールの思惑はなんなのだろう？

両者の思惑は一致しているのだろうか？

「お前はどう思う？　コルベール？」

　この中では頭脳派なコルベールに尋ねてみた。

　コルベールは口元に手を当てながら思案顔になった。

「昔お会いしたことがあるとはいえ親交があったわけではないので、私にはミオ殿がなにを考えているかはわかりかねます。ただ……ギムバール殿がなにかを企《たくら》んでいるのならば陛下とミオ殿が対面したときに、なんらかの反応がありそうなものです」

「反応？　企み顔とかか？」

「あるいは作り笑顔などですね。しかし、それも見受けられませんでした。もしかしたらギムバール殿もミオ殿の思惑を計りかねているのではないでしょうか」

　コルベールは腕組みをしながら唸《うな》った。

「陛下と敵対したカーマイン公の娘とはいえ、ミオ殿は元は王国の人間です。ギムバール殿たちの目には、いまだ王国と繋《つな》がっているかもしれない怪しい人物という風に見えるのでしょう。ミオ殿は武術大会を勝ち抜いているようですし、敢《あ》えて陛下と対面させて反応をうかがったのではないでしょうか」

「俺たちとミオが裏で繋がってないかを探ってたのか」

　こちらが思惑を探っていたように、向こうも探っていたのだろうか。

「だとしたら……杞《き》憂《ゆう》だな」

　俺が溜息《ためいき》交じりに言うとコルベールは頷《うなず》いた。

「ええ、まったくの杞憂です。ですがこれはミオ殿の思惑についてギムバール殿側も把握していないことの証明でもあります」

「……結局はミオがなにを考えているか次第ってことか」

武術大会に優勝すればこの国で実現可能なかぎりの望みを叶えられるという。

ミオはなんのために武術大会に参加しているのだろう。

彼女の叶えたい望みとは一体なんなのだろうか。

「う～ん……もしソーマに恨みを抱いているんだったら『ソーマの首』とか？」

ナデンに軽く言われ、首元が寒くなった気がした。

「そ、それってゼムが叶えられる願いなのか？」

「直接的に要求することは不可能でしょう。ですが『ゼムの王位を要求』し、ギムバール殿に勝って新たなゼム王となれば我が国との開戦も思うがままになります。勿論《もちろん》、国の規模からいってもゼム単独では我が国に勝つことは難しいでしょうが」

コルベールが冷静にそう分析した。

まあ我が国は帝国・共和国とも連携ができるし、もしもルナリア正教皇国あたりを巻き込んで攻めてきたとしても返り討ちにできる態勢にはある。

ただ直接攻めては来ずに国内の不穏分子を煽《あお》ったり、その不穏分子に傭兵を貸し出されてテロ行為を誘発されると非常に面倒ではある。

「恨みを持つ者がゼムの王位に就いたら嫌がらせし放題だしなぁ」

「そもそも、ミオ殿は陛下を恨んでいるのでしょうか？」

そう言ったのはアイーシャだった。

「あのとき陛下を真っ直ぐ見つめた目に覚悟のようなものは感じました。ですが、親の仇《かたき》を見るような暗い感情のようなものは感じられませんでした」

「そういえば……そうだな」

敵意や殺意があったら武人であるアイーシャが見逃すはずがない。

あのときに見たミオの表情。あのときの瞳。

決意に満ちた表情はしていたけど、怒りや憎しみのようなものは感じなかった。

たとえばアミドニア公国との戦いの直後にヴァンでユリウスと対面したときには、ユリウスからは俺に対する嫌悪感のようなものがひしひしと感じられた。

冷静に振る舞っていても、そういった感情は完全に抑え込めるものじゃない。

「だとすると余計にわからないな。ミオは一体なにをしたいんだ？」

「……ミオ殿はカーマイン公に似て一本気な御方《おかた》であります」

この中で一番ミオを識《し》るオーエンが心痛そうな表情で言った。

「カーマイン公に似て強情で頑固であるとも言い換えられましょう。一度こうと決めてしまえばそれをなにがなんでも貫き通そうとする性格の持ち主です。たとえそれが修羅の道であろうとも、その道の途中で倒れることになろうとも……」

「……厄介な親子だな」

俺はガシガシと頭を掻《か》くと覚悟を決めて言った。

「あとはもう直接話してみるしかないか。ちょうど案内役になってるわけだしな」

「同行させるの？」

尋ねるナデンにコクリと頷いた。

オーエンの言う『一本気な性格』と、アイーシャが感じた『暗い感情のなさ』から判断するに、隙を見て俺を殺しに来るような人物ではないと思う。

「ミオがどんな望みを持っているにしても、まずは武術大会に優勝して堂々と望みを叶えようとするだろう。だからそれまでに可能なかぎりミオと話してみたい」

「それは……危険ではありませんか？」

「もちろん護衛と逃走手段としてアイーシャとナデンに常に一緒にいてもらう。アイーシャ、もしミオに害意があった場合、彼女を止めてくれるか？」

そう尋ねるとアイーシャはドンと胸を叩いた。

「お任せください。ミオ殿はなかなかの武人とお見受けしますが、私とて王国の武道大会の優勝者。陛下には指一本触れさせません！」

「ま、危なくなったら私が咥《くわ》えあげて空へと逃げてあげるわ」

ナデンも腰に手を当てながらエヘンと胸を張った。頼もしい嫁さんたちだ。

すると思案顔だったコルベールが口を開いた。

「私が……少し探りを入れてみましょうか？」

「コルベールがか？」

「私は元アミドニア公国の人間ですから、王国出身の方々よりも警戒されないかもしれません。元敵国側の人間相手のほうが陛下への不満も言いやすいでしょうし」

なるほど。たしかにポロッと愚痴をこぼすくらいはするかもしれない。

「ありがたいけど、無理はしないでくれよ。コルベールになにかあったらロロアの暴走を止めるヤツがいなくなるからな」

「……私からすると陛下も大概なんですがね」

コルベールに苦笑されて、みんなコクコクと頷いていた。

……えっ、俺もそういう認識なの？

なんだか居たたまれなくなったので、俺は一つ咳払《せきばら》いをして言った。

「ともかく、みんな油断せずに頼む」

「「はっ」」

第四章　ミオ

「ゼムシティは町の中央にあるコロシアムを中心に発展してきました」

先導するミオが、そびえ立つコロシアムを指差しながらそう解説した。

ローマのコロッセオを思い出すような巨大にして荘厳な建造物だ。

多分、ゼム城よりも大きいだろう。石造りで壁面にある彫刻も見事なものだ。そのほとんどが武器を構えた男の裸像で、この国の筋肉至上主義っぷりがうかがわれた。

城下街へと赴いたのは俺、アイーシャ、ナデン、オーエンにミオを加えた五名だった。

俺以外のメンバーはいつもどおりの服装だけど、俺はギムバール殿に会ったときの軍服だと目立つので冒険者のような軽装に着替えている。

俺たちがコロシアムの威容をぼんやりと見ているとミオが解説を続けた。

「まだ初代傭兵《ようへい》王ゼムが立つ前、この国が建国される前にあった国の時代からの建造物です。その国の傭兵は地位が低く、金でいかようにも使い潰せる戦争奴隷のような扱いを受けていました。金に窮した傭兵たちのなかには『剣闘士《グラディエーター》』として、このコロシアムで無理矢理命のやりとりをさせられる者もいたとか」

「見世物にしたのか。なるほど……そういった鬱憤を束ねてゼムは蜂起したというわけか。そういった人と人との殺戮《さつりく》ショーはいまも行われているのか？」

「いいえ。力自慢が捕まえてきた野生動物やダンジョン産の魔物などと戦うショーは行われていますが、人同士で殺し合うような決闘は行われていません。精々が大武術大会で勢い余って相手を殺してしまうことがあるくらいでしょうか」

ミオは聞いたことにはちゃんと答えてくれる。

言葉や態度からは敵意のようなものは感じなかった。

「人と獣との戦いも人気があり、見物人は各地から集まってきます。とくに人気があるのは『地を這《は》う竜《ドラゴン》と傭兵たちの決闘』ですね」

「地を這う竜《ドラゴン》？」

「飛竜《ワイバーン》の一種なのですが、空を捨て山岳を駆け回るものがいるのです。『地竜《アースドラゴン》』や『ハネナシ』等《など》と呼ばれていますが、退化した翼でバランスを取りながら二足歩行で駆け回る凶暴な生物です。……ちょうどあそこに見える生き物です」

そう言ってミオが指し示したほうを見ると、ライノサウルスが牽引《けんいん》している貨物車があった。その貨物車は大部分が檻《おり》になっており中に巨大な生物が入っていた。

「あれが地竜なのか……」

ミオの説明だと肉食恐竜のようなものをイメージしていたけど、もう少し飛竜《ワイバーン》寄りの見た目をしていた。角もあるし、全体的にトゲトゲしていて生物としての凶暴さが滲《にじ》み出ている感じがした。しかもルビィたち竜《ドラゴン》族に迫るくらいに大きい。

「ふん、見た目だけね。私の敵じゃないわ」

地竜を見てナデンが吐き捨てるように言った。

いやいや、なんでちょっと対抗意識を燃やしてるの？

「ゼムではあんな生物を飼い慣らしているのか？」

「いえ、地竜は凶暴ですので人には懐きません。あくまでもコロシアムでの決闘用に捕獲してくるだけですね。あくまでも野生の生物です」

「……それって危ないんじゃ？」

「脱走して暴れるという事例は多いようですね」

ミオはしれっとした顔で言った。って、逃げ出してるのかよ！

大丈夫なのかと思っていると、ミオは肩をすくめた。

「大丈夫です。この国の人々は動物相手にはめっぽう強いですから」

「ああなるほど。『ゼムの騎獣狩り』ですな」

オーエンがなにやら納得したように頷いていた。

「騎獣狩り？　なに？」

「陛下。道を行き交う者たちを見てなにか気付きませんかな？」

オーエンに言われて、俺は周囲を見回した。先程から見かけるのは服の上から胸甲やガントレッドなど、軽微な装備を身につけている者たちだ。見た目には冒険者と区別が付かないけど、彼らは皆ゼムの傭兵たちなのだろうか。

「……冒険者みたいな軽装が多い？」

「それもありますが、もう一点。彼らの武器に注目してくだされ」

「……あっ」

冒険者との決定的な違いがあった。彼らの武器が槍《やり》、斧《おの》、戟《げき》など長柄のものばかりだったのだ。ムサシ坊や君に冒険者活動をさせていたからわかるのだけど、狭いところに行くことの多い冒険者はあまりリーチの長い武器を使いたがらない。

しかし傭兵たちは皆、一様に柄の長い武器を使っていた。

そう伝えるとオーエンは満足そうに頷《うなず》いた。

「陸軍に伝わる教えに『ゼムの傭兵に当たるならば馬を下りよ』というのがあるのです。ゼムの傭兵は長柄の武器を使い、とくに対騎兵戦に優れていることで有名なのですな」

「ああ、だから騎獣狩りなのか」

俺がそう言うとミオが頷いた。

「はい。ゼムは国としては豊かではなく、馬や飛竜《ワイバーン》のような騎獣を多く飼育できないという事情があります。そのため他国にのみ騎獣を使われることを想定し、歩兵でもって騎獣を狩るための戦術が編み出され、発展してきたという歴史があるようです」

「とくに傭兵は騎士のような地位のある者を捕虜にできれば、身代金をとることができますからな。だからゼムの傭兵は対騎兵にはめっぽう強いのです。だから囲んで引き摺《ず》り下ろすための長柄の武器を使う者が多いのです」

オーエンがそう補足した。ちゃんとした理由があるのだな。

「それじゃあ『馬から下りよ』というのは?」

「長柄の武器は近接戦闘だと取り回しが難しいため、逆に整列した歩兵による接近戦を苦手としているのです。全員が歩行だと身分の上下もわかりにくいですからな」

「なるほど」

どうやら傭兵は戦力としてはかなりピーキーなようだ。図らずも砦《とりで》に籠もって迎え撃ったランデル近郊の戦いは、傭兵たちにとっては戦いづらいものだったのだろう。

「そういえば飛竜《ワイバーン》を多く飼育できないそうだけど、飛竜《ワイバーン》騎兵のような空軍戦力は少ないのか? ブラン・ゼム城に降りるときに先導されたけど」

「飛竜《ワイバーン》騎兵はゼム王の直卒軍ですね。この国の精鋭部隊であり常備軍でもある直卒軍は戦力としての貸し出しは行っておりません。飛竜《ワイバーン》の飼育にはお金が掛かるため、飛竜《ワイバーン》騎兵の保有数も自《おの》ずと限られます。他国に貸し出して損なわれては大変ですから」

「なるほど……」

精強なる兵ほど温存しているのだろう。

だとすれば強いと名高いゼムの傭兵隊も、他国に貸し出されている連中は、この国の中で見れば最下層の戦力ということになる。なかなかに侮れない国だ。

俺はもう一度コロシアムを見上げた。

「ここで『大武術大会』が行われるわけだな」

「そのとおりです」

俺の言葉にミオは神妙な面持ちで頷いた。

「『大武術大会』は国を挙げての一大イベントです。優勝者に与えられる『望みを叶《かな》える権利』を賭けて、戦士たちがトーナメント形式で戦います。戦いは相手が降参するか戦闘不能になるまで続けられます。戦闘不能の中には死亡も含まれます」

「文字通りの命懸けか……そして、その『大武術大会』にはミオ殿も参加している」

「はい」

う〜ん……下手に追い詰めるべきではないと思って、ここまで問題の核心部分には触れずに来たけど、ここは一つストレートに聞いてみるか。

「大会に参加していると言うことは叶えたい望みがあるということだろう？　ミオ殿が命懸けの戦いをしてまで叶えたい望みとはなんなんだ？」

「それは言えません」

ミオは俺の目を真っ直《す》ぐに見返しながらハッキリと言い切った。

「私の望みは私の力で叶えて見せます。その意志を貫くためにもここで口にするわけにはいきません。私はこの大会で優勝するつもりですので、そのときには明らかになることでしょう」

「………」

……やっぱり、そう簡単には教えてはもらえないか。

ゲオルグに似て意志が強そうだし、これは本当に優勝するまで聞けないだろう。そんなことを思っていると、スッとアイーシャが前に出て俺とミオの間に立った。

「ミオ殿。私には貴女《あなた》の言葉に暗い感情は感じ取れませんでした」

「……………」

真っ直ぐに見つめるアイーシャの目を、ミオもまた真っ直ぐに見返していた。

アイーシャは背負った大剣の柄《つか》を右手の甲でコツンと叩《たた》いた。往来なので柄に手は掛けずに威嚇したのだろう。アイーシャはミオに告げた。

「ですが、もし貴女がゲオルグ殿の仇《かたき》を討ちたいと陛下に危害を加えるつもりならば、私が貴女を叩き斬ります」

「リーシアからも頼まれてるからね。私も、容赦はしないわ」

ナデンも腕組みをしながら言った。少し黒髪が広がり電流火花がバチッと飛んだ。

そんな二人の剣幕を見ても、ミオは動じた様子を見せずに二人に問いかけた。

「お二人は本当にソーマ王のことを慕っているのですね」

「妻が夫のことを心配するのは当然でしょう」

「普通は男女逆だと思うけど。まあ『適材適所』が我が家の家訓みたいなものだし」

「妻が夫を、ですか」

二人の言葉を聞いてミオは静かに瞑目《めいもく》した。

「……そういえばリーシア様も既に奥方なのでしたね。同じ気持ちなのでしょうか」

「ミオ殿？」

「なんでもありません。それよりも、是非皆様に……とくにアイーシャ殿にお付き合いいただきたい場所ができました」

「アイーシャに？」

聞き返すとミオはコクリと頷き、背負った長剣の一本を鞘《さや》ごと抜き取ってコロシアムの入り口のほうを指し示した。

「このコロシアムにある模擬戦場です。そこでアイーシャ殿と手合わせがしたく」

「手合わせ？　なぜ？」

「『武は言葉よりも雄弁である』というのが私の父の考えでした」

ミオは手にした長剣の鞘を持ち翳《かざ》して見せた。

「アイーシャ殿が私のことが知りたいのであれば、模擬戦を行い私と刃を交えてみるのがいいでしょう。アイーシャ殿はかなりの武勇の持ち主とお見受けします。私としても明日の決勝大会に向けての良き鍛錬になりそうですし」

「いや、しかし……」

「お受けしましょう」

俺がなにか言うよりも前にアイーシャが返事をしていた。

「アイーシャっ」

「やらせてください、陛下。私自身の目で彼女を見極めたいのです」

真っ直ぐな目で言うアイーシャ。意志が強いのはここにもいたか……。

こうなると言っても聞かないだろう。

「……わかった。だけど、怪我《けが》には十分注意してくれ」

「了解です！」

こうして急遽《きゅうきょ》アイーシャとミオの模擬戦が行われることとなった。

ガンッ！　ガンッ！　ガンッ！

石の壁に囲まれた体育館ほどの広さの空間に砂が敷かれただけの訓練場。

そこに重い剣と剣がぶつかる音が響く。

アイーシャとミオがもう何合も打ち合っているのだ。

「たあああああああ!!」

「やあああああああ!!」

アイーシャの大剣とミオの二本の長剣が激突し、火花を散らす。

一応、双方共に愛用の武器ではなく、訓練用の刃引きの武器を使っているが、あの勢いでは当たったら軽傷ではすまないだろう。前にリーシアとアイーシャの模擬戦を見たことがあるけど、そのときとは全然違っていた。

あのときはアイーシャの馬鹿力から繰り出される一撃を、リーシアが技を駆使してかわしていなして無効化するといった戦いだった。いうなれば柔と剛の戦いだった。

しかしミオはアイーシャと同じで剛の者なのだろう。

結果として剛と剛との戦いとなっている。ミオの武芸は目を瞠《みは》るもので、アイーシャの馬鹿力に真っ向勝負で戦いを挑んでいるのに押し負けてはいなかった。

「くっ、押し切れませんか！」

「父上の、重い剣に比べれば、この程度！」

アイーシャの大剣の一撃を、ミオは二本の長剣をクロスさせて受け止めてからはじき返した。今度は逆にミオが二本の剣を時間差でアイーシャに向かって叩き付けた。

アイーシャはそれを大剣で受け止める。

「なかなか……やるっ」

「ミオ殿も」

鍔迫《つばぜ》り合いのような形で接近した二人が言葉を交わす。

密着している状況では大剣は使いづらいと判断したのか、アイーシャが右手に剣を持ったまま左手で裏拳を放った。それをミオは肘で受け止める。

今度はミオがローキックを放つが、アイーシャは片足を上げて無防備な腿《もも》を守った。

そういった攻防がしばし続いた。

そんな二人の戦いを離れた場所で見ていた俺、ナデン、オーエンは感嘆しきりだった。

「すごいな。剣を挟んで格闘戦をしてる」

「剣とか使ったことない私でも、二人の力が常軌を逸しているのはわかるわ……」

人間形態での接近戦は専門外のナデンも二人の戦いに魅入っているようだった。

「まさに気迫と気迫のぶつかり合い。双方ともによき武人ですな」

自身もまた剛の者である老将オーエンがしみじみと語った。

「陛下もあの十分の一ほどでも戦えるようになってほしいものです」

「いや、絶対無理だから！　俺が百人居ようがあんなのとは戦えないから！」

「そんな弱気ではダメですぞ。お世継ぎも生まれたことですし、もっと訓練メニューを増やしましょうか」

ぐっ……やぶ蛇だったか。とまあこんな風に見学者が軽口を叩いていられるのも、戦っている二人がすごく楽しそうだったからだ。

「これでどうです！」

「まだまだ！」

力を競い、武技を競い、二人はどんどんヒートアップしているようだ。

お互いに相手に魔法を使う暇も与えず、息もつかせぬ剣と格闘の応酬が続いている。

「……っ!?」

と、ミオの剣がアイーシャの大剣を撥《は》ね上げた。しかしそれは誘いだった。

「せいやっ！」

一瞬空いたミオの腹部にアイーシャの突き出した拳が命中した。大きく後ろに弾《はじ》き飛ばされたミオだったが、空中で体勢を立て直すとスタッと着地した。

「ぐっ……」

しかしダメージは通っていたのか、打ち込まれた場所を押さえて苦悶《くもん》の表情を浮かべている。一方でアイーシャは追撃はせずにその場に立ち尽くしていた。

どうしたのだろうと思っていると、ブツンとアイーシャの髪をポニーテールに結んでいた紐《ひも》が切れた。銀色の髪がサラリと下に落ちる。

「……どうやら、紙一重だったようですね」

アイーシャはそう言ったが、ミオは腹部を押さえたままフルフルと首を振った。

「これほど綺麗《きれい》に一撃を決められては負けを認めざるをえません」

「なんの、こちらも危ないところでした。ミオ殿は十二分にお強いです」

「……貴女がゼムの大会に参加していないで本当によかった」

ミオは苦笑気味にそう言うと、アイーシャは眉根を寄せた。

「これだけの腕があればたしかに武術大会で良い結果は残せるでしょう。ですが……ミオ殿、貴女は大会で優勝してなにを願う気なのですか？」

「……」

「『武は言葉よりも雄弁である』とは貴女のお父上の言葉なのでしょう？　貴女の武技には迷いはなく、強い信念のようなものを感じました。それに恨みや憎しみといった雑念にもとらわれていない」

アイーシャは訓練用の大剣を地面に置くとミオに歩み寄った。

「貴女が国や陛下に恨みを持っているのなら、陛下の妻であり、陛下をなにがあっても守ろうとする私に対しても良い感情は抱かないでしょう。ですが、貴女からそういった感情は感じ取れません。手合わせの最中はずっと、まるで童のように力を競い合うことを楽しんでいるようでした。貴女はいったい……」

「……それは言えません」

ミオは背筋を伸ばすと俺たちのほうを向いて言った。

「私の望みは、私自身の手によって叶えるべきもの。そうでなければ泉下の父上に申し訳が立ちません。すべては私が大会で優勝したときに明らかになることでしょう」

真っ直ぐな目でミオは言った。強い決意に満ちている。

この腹を決めたら動じない姿勢はリーシアとそっくりだった。同じ男の薫陶を受けたせいだろうか。だとすると、どうやっても聞き出すことはできないだろう。

結局、なにも探り出せないまま俺たちはゼム城へと戻ることになった。

◇◇◇

――その日の夜。

ナデンが大きめのベッドにゴロンと横になりながら溜息《ためいき》を吐《つ》いた。

「……なにもわからなかったわね」

「ああ。悪感情を抱いている感じでもなかったけどな」

ブラン・ゼム城へと帰り、俺たち用に割り当てられた部屋に戻ってから、俺はアイーシャとナデンと今日のことについて話し合っていた。

「一先《ひとま》ず、優勝賞品として俺の首を所望する……みたいなことにはならないと思う。リーシアに似た一本気な性格みたいだし、あえて悪感情を見せないように振る舞っているということもないだろう」

「ええ、むしろ腹芸は苦手な性格と見ました」

椅子に座り腕組みをしたアイーシャがそう同意した。

「だとすると……願いは『カーマイン家の再興』などでしょうか」

「それくらいなら叶《かな》えてやれそうだけどな」

もちろんかつての旧領全部を相続させるわけにはいかないし、様々な条件を付けることになるだろうけど、家の再興自体はできないこともない。ゲオルグがきちんと縁を切っていたので、ミオやその母などには罪が及んでいないからだ。グレイヴやオーエンのような陸軍出身者の後援も受けられるだろうし、さほど難しいことのようには思えない。

「だけど、それが望みならミオは武術大会に参加する必要もない。王国では叶えられない願いだからこそ、他国を巻き込むことを考えたのだろうし」

俺たちにはどうにもできないこと、或《ある》いは、俺たちにはどうにもできないとミオが思っていること……か。一体彼女はなにを考えているのだろうか？

そんなことを考え込んでいると、

「旦那様……もしかしてミオ殿に負い目を感じているのですか？」

アイーシャにズバリ言われて、咄嗟《とっさ》には言い返すことができなかった。

「……まあな。ゲオルグの問題は、俺が王位を譲り受けてからここまで放置してしまった問題だからな。犠牲となった者たちへの責任を思うと……ね」

いまの王国が安定しているのはゲオルグの献身があったからだ。それを忘れたことはなかったけど、まずは時間をおくべきだと考えて問題を先送りにしていた。いま一人の女性の思惑に振り回されているのは、その怠慢のツケなのだろう。

するとアイーシャが厳しい顔をしながら言った。

「旦那様。もしも、ミオ殿の願いが叶えてあげられそうなものだったとしても、その結果を熟考してから叶えるかどうかを判断してください」

「……そこらへんは気を付けているつもりなんだけど？」

「だけど割り切れてもいないでしょう？　家族が絡むときにはとくに」

アイーシャだけでなくナデンにも苦笑しながらそう言われた。

「それはまあ……俺にとって譲れない部分だし」

自覚はあるので視線を逸《そ》らしながら言うと、ナデンが溜息を吐いた。

「リーシアはミオのお父さんを師匠として尊敬していたんでしょ？　そんなリーシアのこ

とを思うと、師匠の娘であるミオ殿の件をなんとかしてあげたい……とソーマは考えてるんじゃないの？　リーシアにこれ以上、悲しい思いをさせたくないから」

「……よくおわかりで」

「アナタが考えそうなことなんて丸わかりよ」

ナデンが笑いながら言った。アイーシャも頷《うなず》いている。

「自身が足枷《あしかせ》になり旦那様が決断を誤ったりすれば、リーシア様も悲しむでしょう。負い目は私たちも背負います。だからどうか、正しき判断を」

「……わかったよ」

二人の言うことは正論だったので俺は素直に頷いた。

情に流された結果、本来守りたかった者たちを危険に晒《さら》しては本末転倒だからな。ちゃんと……見極めないといけないだろう。お家再興ならば善し。

もしそうでないならば、あと考えられるのは……。

（……かなり難儀なことになりそうだな）

浮かんだ予感に俺は小さく溜息を吐いた。

◇◇◇

同時刻。コルベールは一人、ある部屋を訪れていた。

ソーマの案内役となったことで、ブラン・ゼム城内の滞在場所としてミオに与えられた部屋だった。ミオは王国出身者と言うことで案内役として抜擢《ばってき》されたが、ギムバールに仕えているわけではないため、この部屋は一時的に貸し与えられたものだった。

「失礼。ミオ殿は居《お》られるでしょうか」

コルベールが扉を叩《たた》きながら声を掛けると、すぐに扉は開かれた。

「……なんでしょうか」

「っ！」

現れたミオの姿を見て、コルベールの表情が固まった。

部屋に居たということもあり、ミオは甲冑《かっちゅう》を外していて、上はタンクトップのような薄着だったからだ。薄い布地では甲冑の下に隠されていたスタイルの良さを隠しきれず、とくに自己主張が強めなバスト部分はわかりやすく盛り上がっていた。

そんなラフな格好で現れたミオから目を逸らしながら、コルベールは言った。

「お、おくつろぎのところを失礼します。私は王国にて財務大臣をしているコルベールと申します。ミオ殿と少しお話しできればと思って来たのですが」

「……どうぞ」

するとミオはとくに気にした様子も無くコルベールを部屋に招いた。

「えっ、良いのですか？」

「？　話をしに来たのではないのですか？」

「あ、はい。……失礼します」

少しドギマギしながらコルベールはミオの部屋へと入った。

一時的な滞在場所としての部屋と言うこともあり、ベッドぐらいしかない簡素な部屋だった。調度品のようなものはなく、精々がミオの甲冑の掛けられたマネキンと、愛用の長剣二本が壁に掛けられているくらいだった。

ミオはコルベールに椅子を勧め、自分はベッドに腰掛けて向かい合った。

「ソーマ殿に私を探るように言われましたか？」

「あっ、はい。それもあるのですが……」

薄着のミオを直視できず、コルベールは視線を彷徨《さまよ》わせながら言った。

「ただ、昔を懐かしむ気持ちもありまして、少しでいいのでお話しできればと」

「昔？……そう言えば見覚えがある気がします」

ミオはコルベールの顔をマジマジと見つめた。

「陸軍関係ではないですよね？　文官っぽいですし」

「はい。元はアミドニア公国で財務に携わっていました。カーマイン公が健在だったおりに、国境での小競り合いの仲裁のため、ユリウスと共に何度かお会いしています。もっとも二言三言話す程度ではありましたが」

「あっ！　あのときの!?」

ミオは思い出したようにポンと手を叩いた。

「憶えておいででしたか」

「ええ。父上が貴殿らのことを『アミドニアにも良い若者がいる』と誉《ほ》めていたからな。そうか……もうエルフリーデンもアミドニアもないのだったな」

知人とわかったからか、ミオの言葉が砕けていた。コルベールは頷いた。

「正確には連合王国ですが、まあ一つの国になったようなものです」

「だからソーマ王に仕えているのだな。ユリウス殿は？」

「いろいろありましたが、いまは北で元気にしているそうです。お世話になっている国の姫君を妻に迎えて、家族のために政務に励んでいるそうです」

「あの冷たい目をしたユリウス殿がか？　想像ができないな」

二人はまるで旧来の友人であるかのように話が弾んだ。

コルベールは探りを入れたところでミオが真意を語らないことはわかっていたので、雑談しながら彼女がどういう人物なのかを把握することに努めたのだ。

こうして話してみると普通の年頃の女性にしか思えなかった。

ちょっとしたことで表情を変えるし、笑い話にはクスリとしてもくれる。敵意や警戒心のようなものは感じないし、なにかを思い詰めている様子でもない。

むしろ自然体過ぎて、いま自分がなかなか扇情的な格好をしているということを気に留めてくれず、リアクションの度に豊かな胸部が揺れたので、恥ずかしくなったコルベールが視線を逸らすということが何度も行われた。

「？　先程から顔を背けているようだが、どうしたのだ？」

さすがに不審に思った様子のミオに、コルベールは観念したように言った。

「その……なにか羽織っていただけませんか？」

「ん？　気にする必要もないだろう。裸というわけでもないし」

ミオはキョトンとした顔でそう言った。陸軍で厳《いか》つい男たちに交じって訓練していたため、あまり女性的な恥じらいとかはないタイプらしい。

「無駄な肉は付いていないと自負しているしな」

「それはそう……なのですが」

「父上と母上からもらった身体《からだ》だ。なにを恥じ入る必要があろう」

あまりにもミオが堂々としているものだから、コルベールは気にしている自分のほうが女々しい気がしてきた。極力胸元を見ないようにしながら話を続けた。

「父と言えば、ミオ殿はお父上とは似ていませんよね。カーマイン公は前に立つのも恐ろしい武人でしたが、ミオ殿は……その……お美しいですし」

「アハハ、ありがとう。外見は母上譲りだとよく言われるんだ。『中身も似てくれたらお淑《しと》やかに育っただろうに』という愚痴付きでね」

「そんなことは……」

「自分でも認めている。性格は父上譲りの頑固者だし」

ミオは自嘲気味に笑った。

「しかし恐ろしいとは言ったが、貴殿はそんな父上に対しても堂々と意見していたではないか？　見ていて感心していたのだ」

「……まあ、カーマイン公は意見しても蹴ったりしませんから」

「？　誰かには蹴られてたのか？」

「ええまあ。ガイウス様にはわりと……」

アミドニア公国で働いていたころは、ガイウス八世に諫言《かんげん》しては怒鳴られたまに蹴飛ばされていた。ロロアのように言っても聞かないだろうと諦められる性格なら良かったのだが、なまじ性格が真面目なためユリウス以外の武官とは衝突しがちだったのだ。

「弱いくせに直言が過ぎると、武断派には嫌われてましたから」

「ふふっ、貴殿も難儀な性格のようだ」

ミオは苦笑していたが、やがて真顔になった。

「なあ、コルベール殿」

「はい」

「貴殿は父上が反乱を起こした経緯についてなにか知らないだろうか？」

「………」

真顔で尋ねられ、コルベールは咄嗟に言葉が出てこなかった。どう答えるべきかと迷ったが、ミオの真摯な顔を見ているときちんと答えなければと思った。

「……私が王国に仕えるようになったのはアミドニアが併合されたときなので、それ以前に起きたカーマイン公の反乱についてはなにも知らされておりません」

実際にゲオルグの反乱について、コルベールは国民が知っている程度の情報しか耳にしていなかった。あの反乱について事情を知っていそうな人物の口は重かった。おそらくソーマとその家族、それとごく僅かな重臣しか知らないのではないだろうか。

「……そうか」

コルベールの言葉に嘘《うそ》はないと感じたのか、ミオは残念そうに肩を落とした。

そんなミオの姿を見てコルベールは口を開いた。

「ミオ殿、貴女《あなた》は」

「聞かないでくれ。コルベール殿」

しかしミオはやんわりと拒絶した。

「私のやろうとしていることは誰も望んでいないだろう。母上も本心では止めたかっただろうし、おそらく父上も……ここに居たら余計なことをするなと怒るかもしれない」

ミオは少し悲しげな顔で壁に掛けられた長剣を見つめた。

「それでも、私はこの道しか選べないのだ」

「ミオ殿……」

彼女の覚悟を感じとり、コルベールはなにも言うことができなかった。

第五章　大武術大会

天気は秋晴れ。

抜けるような青空の下、ゼム大武術大会の決勝大会が行われようとしていた。

会場であるコロシアムはいま大きな盛り上がりを見せていた。

前にいた世界のドーム球場よりも巨大なコロシアムの観客席は人で埋まっていて、中央に置かれた一片五十メートルほどの四角い舞台（某天下一な武道会だと武舞台とか呼んでいたけど正式な名称はあるのだろうか）の上で戦いが行われるのを待っていた。

するとそのとき観覧席のゼム王ギムバールが立ち上がった。

『この場に集いし国民たちよ！』

玉音放送の宝珠を拡声器代わりに利用し、ギムバールは群衆に呼び掛けた。

『諸君らは見るであろう！　いずれ劣らぬ勇士たちが鍛えた肉体を、磨いた武技を、使い込んだ武器を用いて戦い、最強の頂へと登る姿を！　たった一人の勝者が可能な限りの願いを叶《かな》えることができる！　望むならば、いま我が背後にある国王のみが座ることが許された観覧椅子に座ることもできるのだ！　無論、ただではくれてはやらんがな！　その場合は我を倒し、王位ごと奪い取らねばならん！』

ギムバールはそう言いながら太い腕を振り上げた。

『この国は強き者により護《まも》られ、強き者によって育まれる！　王位を手にしたそのときから、我は更なる強き者によって倒される日を待っているのだ！　気概ある者はこの戦いを勝ち抜き、我に挑むが良い！　我、ゼム王ギムバールの名において』

そして振り上げた拳を闘技場の中央に向かって突きつけた。

『ここにゼム大武術大会の決勝大会の開幕を宣言する！』

「「「わあああああああ！　」」」

ギムバールが決勝大会開幕を宣言すると客席から歓声が沸き起こった。コロシアムを埋め尽くす観衆が総立ちとなり、ギムバールのことを称《たた》えるように拍手している。

この熱気は大会を前にテンションが上がっただけというわけではないのだろう。大会の優勝者を英雄のように讃《たた》える国家であるため、かつての優勝者で王位を手に入れたギムバール自身もまた、この国の民から熱狂的に支持されているようだ。

「……すごい熱気ね」

黒いドレス姿のナデンが引き気味に言った。

俺たちはそんなコロシアムの様子をゼム王の観覧席から観《み》ていた。

観覧席中央に用意された二つの豪華な椅子に俺とゼム王が並んで座り、さらに俺の隣に用意された席にはドレス姿のナデンが座っていた。

本当は俺の妃《きさき》用の席は二つ用意されていたのだけど、アイーシャが「護衛に専念したいので」と固辞したので、ナデンが妃代表として席に着いていた。

アイーシャとオーエンは護衛として背後に立ち周囲に目を光らせていた。

「な、なんか緊張するわ。私がソーマの妃として見られることはそんなになかったし」

ナデンがカチンコチンになりながら小声でそう言ってきた。

言われてみれば第二側妃ということもあって、式典とかではあまり目立つような立ち位置にはいなかったっけ。本人も威厳があるように振る舞ったり、礼儀正しくしていることが苦手だったので、その立ち位置が楽で良かったらしいのだけれど。

「なんだか一気に国王の妻になったんだと実感できたわ」

「今更？」

「フンだ。ソーマが王様らしくないのがいけないのよ」

ツンとそっぽを向くナデン。

それこそ妃っぽさが欠片《かけら》もない仕草だったけど、そういったナデンの普通の女の子らしいところに俺は好感を持っていた。肘掛けに置かれたナデンの手にそっと手を重ねると、ナデンはチラリとこちらを見てから満更でもなさそうな顔をした。

そんなとき、会場がにわかにざわめいた。

なにかと思って舞台を見ると、巨大な檻《おり》が運び込まれていた。あれは……。

「地竜？」

檻の中に入っていたのは昨日街で見かけた地竜だった。

「決勝トーナメント前の余興です。これより我が国の傭兵《ようへい》たちの武勇を知らしめるため、選抜された六名の勇士があの地竜と戦うのです」

呆気《あっけ》にとられている俺たちにギムバールが説明した。

そういえばミオもコロシアムについて解説していたとき、

『人と獣との戦いも人気があり、見物人は各地から集まってきます。とくに人気があるのは「地を這《は》う竜《ドラゴン》と傭兵たちの決闘」ですね』

……と、言っていたっけ。これからそれが見られるのだろうか。

「ソーマ殿は『ゼムの騎獣狩り』という言葉をご存じか？」

ギムバールに尋ねられたので俺はコクリと頷《うなず》いた。

「はい。ゼムの傭兵は対騎兵戦においては無類の強さを発揮するとか」

「我が国はお世辞にも豊かとは言えません。馬や飛竜《ワイバーン》のような騎獣を多く保有する余裕は無く、我々は他国にのみ一方的に騎獣を使われることを想定した訓練を行っております。歩兵で騎兵を倒すための訓練を。そして……」

ギムバールは地竜を指差した。

「倒すべき騎兵の中には『飛竜騎兵《ワイバーン》』も含まれる」

「……………」

飛竜騎兵《ワイバーン》？　空軍も歩兵で相手しようというのか？

「そんなことができるのですか？」

「無論、飛んでいる相手には歩兵は手も足も出せませせぬ。ですが、一度地に墜《お》とせばやりようはある。我らは遠距離攻撃魔法を使える者や、強弓を引ける者を揃《そろ》え、また重く取り回しが難しくとも対空連弩砲《れんどほう》を合戦場に持ち込むなどして、まずは飛竜《ワイバーン》騎兵を打ち落とすことに専念します。落下死を免れたとしてもすぐに歩兵が囲みます」

「空軍に陸上での戦闘を強いる……ということですか」

「ええ。そしてあの地竜は墜ちた飛竜《ワイバーン》の代わりなのです」

見たところ地竜の大きさは赤竜ルビィには劣るが、普通の飛竜《ワイバーン》よりはよほど大きい。それに獰猛《どうもう》そうだ。アレに勝てれば打ち落とした飛竜《ワイバーン》騎兵にも勝てるということか。

「まあ地竜は炎を吐きませんがね。炎を吐かれると観客席も危ないですからな。ただその分、陸上での力と俊敏さは飛竜《ワイバーン》以上なので十分な訓練となります」

「なるほど……」

すると、檻が開き、地竜が解き放たれた。

それと同時に六名の傭兵たちが出てきて地竜を取り囲んだ。

全員の手には長柄の武器が握られている。すると、

ギャオオオオオアアアアア!!


地竜が耳をつんざくような咆吼《ほうこう》をあげて、傭兵たちへと襲いかかった。

地竜に真っ先に狙われた傭兵は盾を構えつつ、すんでの所で避けるなどして攻撃を躱《かわ》し

ていた。その隙に残った傭兵たちが地竜の意識の外から槍《やり》などを繰り出し、身体《からだ》に裂傷を与えていく。巨体だから一回の攻撃で与えられる傷は僅かだ。

そして攻撃された怒りが別の傭兵に向けば今度はその傭兵が囮役《おとり》となり、残った傭兵たちが隙を突いて攻撃する。わずかな傷でも数が増えれば流れる血の量も増える。

その繰り返しによって地竜に血を流させ、体力を削り取っていく。

闘牛のようなものかと思ったけど、絵面は完全に一狩り行こうぜなあのゲームのようだった。強力な地竜を仲間と協力して倒そうとしているわけだし。

ただ、地竜もやられるばかりではなかった。

「ぐはっ！」ズダンッ！

中には尻尾の強烈な一撃を食らって吹っ飛ばされ、観客席下の壁に叩《たた》き付けられる傭兵もいた。壁から崩れ落ちたその傭兵はぐったりとして動かなくなったけど……大丈夫なのだろうか。会場はそんな光景に対しても熱狂していたが。

（「……悪趣味だわ」）

ナデンが小さく呟《つぶや》いた。こういうナデンの周囲に流されず、ごくごく普通な感性を持ち続けられるところは好ましいと思う。

（「そうだな……でも、この国にとっては必要なことなんだろう」）

俺も小声で答えた。

（「飛竜《ワイバーン》とは倒せるものだと情報を傭兵と国民にすり込ませるためなのだろう。そうすれば戦場で飛竜《ワイバーン》を見たときに尻込みしなくて済むだろうからね」)

(「そういうもの？」)

(「世界に価値観は一つじゃない。その国の風習について考えるときには、その国の歴史や文化、状況、環境など多角的に見て判断する必要があるだろう。

(「まあ個人的には悪趣味だと思うけどね。うちの国でもやろうとは思わないし」)

(「当たり前よ。トモエを連れてこなくて良かったわ」)

ああ、たしかに。地竜の気持ちとかわかったら鬱になりそうだし。

そんなことを話しながら俺たちが見つめる先では、地竜が転倒した隙を突き、身体を駆け上がっていく一人の傭兵の姿あった。その傭兵は地竜の肩あたりに立つと、頸椎《けいつい》あたりをめがけてブスリと槍を突き刺した。

ギャオオオオオアアアアア!!

地竜は断末魔の咆吼を最後に、ドサリと大きな音をたてて倒れ伏した。しばらく藻掻《もが》くように動いていたが、槍を再度突き刺されると動かなくなった。

討伐完了……といったところだろうか。

とどめを刺した傭兵が観客たちの万雷の拍手を浴びていた。

するとと同じように拍手を送っていたギムバールがこちらを見た。

「どうです？　我が国の傭兵たちは」

「……強いですね」

相容《あいい》れないものを感じながら、俺はそう答えるに留《とど》めた。

◇　◇　◇

荒れた舞台が整えられて、ようやく決勝大会が始まった。

荒くれ者の傭兵たちが武技を競っている。決勝大会はトーナメント方式で一試合の決着も早い。いまはちょうどミオが戦っているところだった。

「はあああ!!」

気合いと共に振り下ろされた二本の長剣が屈強な傭兵を弾《はじ》き飛ばす。

すでに準決勝だ。

さすがにアイーシャとガチでやり合えるだけの実力を持っているだけあって、ミオはここまで対戦相手を圧倒して危なげなく勝ち進んでいた。

すると隣で観ていたギムバールが話しかけてきた。

「どうですかな、ソーマ殿。我が国の戦士たちは」

「誰も彼もが強そうですね。さすがは強者と名高いゼムの傭兵たちです」

実際に決勝大会に残っている者たちの武勇は相当なものだった。ルビィに乗らないハルバートやクーあたりと渡り合えそうな人材がゴロゴロしている。オーエンは『ゼムの傭兵は騎兵には強いが歩兵は苦手にしている』と言っていたけど、集団戦が苦手なだけで一対一ならば決して劣ってはいなかった。

ギムバールは満足そうに頷いた。

「そうでしょうとも。どうです？　傭兵契約を再度結ぶ気になられませんか？」

「……味方になるならば心強いとは思いますが、我が国は自国での軍備増強を進めております。彼らを雇うとなれば強くなろうとしている配下たちの士気に水を差すことになるでしょう。残念ですが契約はできません」

「それは実に残念ですなぁ」

するとギムバールはスッと真顔になった。

「ソーマ殿は傭兵がお嫌いなようだ」

「……そんなことは」

「言葉の節々からわかりますよ。傭兵は使いたくないという確固たる意志を感じます」

……鋭いな。なぁなぁで誤魔化すことはできないか。

「私が、というよりは私の師が傭兵というものを信用してなかったのです」

俺の心の師である『君主論』の著者マキャベッリは傭兵というものを信用していなかった。マキャベッリが属するフィレンツェから独立したピサを再統治下に置くための軍を起こしたとき、指揮を傭兵隊長に任せた結果、城壁を壊したにもかかわらずピサを占領せずに撤退したという苦い経験があったからだろう。

マキャベッリは『戦術論』の中で（要約だけど）こんなことを言っている。

「戦争を専業とする者は自身の特技から収入を得ようとしているかぎり、善人にはなり得ない。平和なときに食いつなぐために戦争中に大きな利益を上げようとし、戦争が終結しないよう期待するものだから、と」

この戦争を専業とする者とは傭兵のことだ。国家に属し、国や家族を護りたいという気概を持つ軍人とは違い、報酬次第でどの勢力にもどの立場にも雇われる者たちのことを言っている。だから他国の傭兵には頼らず『市民軍』を持つべきというのがマキャベッリの主張だった。

傭兵たちが残虐非道な略奪行為を平気で行うのは、平時の自分を養うためという側面もあり、そして平時の生活への不安から戦争の継続を望むようになるというのだ。

だからこそマキャベッリは傭兵というものに批判的だった。

「戦争を生業とする者を指して、私の師は『戦争は盗《ぬす》っ人《と》を作り、平和は彼らを絞首刑にする』という諺《ことわざ》を引用しています。傭兵は戦乱の中でしか生きられないから、戦争の中で乱暴狼藉《ろうぜき》を働き稼ごうとし、戦争を終わらせまいとする」

「………」

「私は、国とは大きな人だと思っています。傭兵国家ゼムとは一人の大きな傭兵です。その傭兵はどうです？　戦乱の時代以外を生きられますか？」

俺は真っ直《す》ぐにギムバールの目を見つめて尋ねた。

ギムバールは真っ直ぐに見つめ返していたが、やがて肩をすくめた。

「……ハハハ、これはわかり合えそうにありませんな」

ギムバールは笑うような口調だったがその目は笑っていなかった。

「契約を結べないのならばせめて、友好を結び両国が争う事態は避けたいものです。我が国の精鋭たちの武勇を、フリードニア王国の人々相手に振るう機会がないことを願っております」

「……それには同意します。〝真に永世中立な国家〟であり続けるならば、我が国はゼムと事を構えるつもりはありません」

お互いに穏やかな口調ではあったものの、要約すると、

『うちの国に手を出したら承知しないぞ』

『他国に傭兵《ようへい》を貸し出してちょっかいかけるならこっちこそ容赦しないぞ』

……という会話だった。アイーシャ、ナデン、オーエンやゼム側の護衛たちもピリピリとした雰囲気になっていた。すると……。

「この国では、力こそがすべてだ」

ギムバールが太い腕を組みながら言った。

「強くなくては国も民も護《まも》れない。強いからこそ国や民を護ることができる。強いからこ

そこの国の民は私を王だと認めてくれている。どう思うかな、奥方殿」

　ギムバールがナデンのほうを見ながら尋ねた。

「……私？」

「星竜連峰の竜《ドラゴン》は強き騎士を好むと聞きますが」

　ナデンが星竜連峰出身だということを知っているからこその質問だろう。

　どうして強き者を好むはずのドラゴンが俺のような力もない者と契約を結んだのか、という嫌みなのだろうか……あるいは単純に不思議に思っているだけか。

　どっちにしても少々腹に据えかねるな。

　尋ねられたナデンは少し考えてからゆっくりと首を横に振った。

「力だけで人を測るみたいな、画一化された評価は星竜連峰っぽくて好きじゃないわ」

「ほう……竜《ドラゴン》としては珍しい価値観ですな」

「私は竜《ドラゴン》ではなく龍だもの。ソーマはそんな私の独自性を買ってくれた。だから一緒に居たいと思ったの。私の価値を決めるのは私自身と、私を愛してくれる人たちよ」

　ナデンはギムバールの目を真っ直ぐに見ながら答えた。

　ギムバールは「ほう……」と目を細めた。

「これはまた、随分と愛されておりますな」

「自分にはもったいない伴侶ですよ」

　俺はそう答えつつギムバールを見た。

筋骨隆々だけど、よく見れば身体中に細かい傷痕が見て取れた。それはいまは亡きゲオルグ・カーマインを思い起こさせるような、長年戦ってきた漢《おとこ》の身体だった。

「……ギムバール殿」

「なんでしょうか？」

「貴殿は本当に……強いから国民から支持されているのですか？」

ギムバールの眉根が寄った。侮辱だと思ったのならそれは誤解だ。

「たしかに、強くなければなにも護れません。国を背負っている以上それは絶対です。ですが、強いだけでは護れないものもあります。いや、ありました」

今日まで国王をやってきてそういった場面は多々あった。

食糧難、景気の低迷、天災、外交問題など強い配下を集めるだけじゃ乗り越えられなかっただろう問題たち。いま俺の周りに居る家族と、信頼できる仲間や家臣たちの誰が欠けたとしても、いまより良い現在にはならなかっただろう。

それはこの傭兵国家ゼムにおいても同じではないのだろうか。

「今日、貴殿が開会の挨拶をしたときに鳴った万雷の拍手。あれが貴殿の強さのみに送られたものだとはどうしても思えません」

「……………」

「仮にこの大会の優勝者が王位を望み、貴殿を打ち倒して新たな王となったとして、その熱量がそっくりそのまま次の王に向かうのでしょうか？　貴殿以上の強者が現れて貴殿の治政が終わることを喜ぶのでしょうか？……私はこの国の人々は貴殿の強さ以上に、貴殿が背負ってきたものと歩んできた道を見ていると思います」

「……もしそうなら、ゼムの国体に反しますなぁ」

ギムバールは苦笑気味にそう言うと椅子の背に深くもたれた。

「自分よりも強く逞《たくま》しきものに倒され、荷を託す。それは歴代のゼム王が受け継いで来たものであり、敗北もまた誉れなのだ。貴殿の言うことが本当ならば、武人としての生を全うしたい自分と民の望みは一致していないことになる」

「ギムバール殿……」

「だが私は、そんなこの国の有り様を存外気に入っている」

「……そうですか」

気は合わないが否定する気もない。彼なりの覚悟なのだろうから。

そんなことを言っているうちに準決勝は終わっていた。

ミオは勝ち進んだようだ。ギムバールとの会話に集中していて試合はほとんど見ていなかったので、俺は背後に立つアイーシャに尋ねた。

「ミオはどう？　勝ちそうなのか？」

「強いですよ。とくに一対一の戦いに特化している印象です。剛剣の使い手でありながら動きに無駄がない。よほどの武人に日々稽古を付けられたのでしょう」

「まあ父であり師なのがあの男だからなぁ……」

「ゼムの傭兵にとっては苦手な相手でしょうし、優勝も狙えます」

そして少しの休憩時間を挟んで行われた決勝戦。

「たあああ！」

二本の長剣が相手の矛を搦《から》め捕り、一つの剣が穂先を切り落とした次の瞬間、別の剣が相手の喉元に突きつけられた。相手は柄だけとなった武器を放り諸手《もろて》を挙げた。

戦いに勝利したのはアイーシャの予想どおりミオだった。

敗れた相手は項垂《うなだ》れながら会場をあとにし、舞台上にはミオだけが残された。

「優勝、見事であった！」

ギムバールは観覧席から大声で語りかけた。

ミオは剣を置き、その場に傅《かしず》いた。そんなミオにギムバールは尋ねた。

「強者の願いは叶《かな》う！　そなたの望みを言うがいい！」

……いよいよか。俺たちは身構えた。

するとミオは立ち上がり、一呼吸置いてから自らの望みを口にした。

「私は、真実が知りたい！　我が父、ゲオルグ・カーマインはなぜ王家に弓を引くことになったのか、娘としてすべての真実が知りたいのです！　そのためにゼム王にはフリードニア王国へ我が父について再調査するよう要請を出していただきたい！」

ミオが望んだのはゲオルグ・カーマインの真実だった。

第六章　剣を交えて

「……やはりそう来たか」

俺は額を押さえた。昨日の夜にアイーシャたちとも話し合った。

ミオの望みはカーマイン家の再興だろうかと。

そして、もしそうでないならば……。

浮かんだ予感は『ゲオルグの名誉回復』だった。

ゲオルグは反逆者という汚名を被り、自らを犠牲にすることによって王国に巣くう悪漢を根絶やしにした。ゲオルグの思惑どおり事が進み、国内の問題がほぼほぼ解決したいまとなっては、彼の名誉の回復だけが残されていた問題だった。

もちろん俺としてもいずれは真実を明らかにして、ゲオルグの名誉の回復は成し遂げたいと思っていた。リーシアが敬愛し、国のために命を懸けてくれた存在を悪漢のままにしておきたくなかったからだ。

しかし、正式な即位前だったということもあったので、混乱を避けるためにも名誉回復は当面先延ばしするしかなかった。即位したいまでもどんな混乱が起こるかわからないことを考えると、取り組むことに二の足を踏んでしまう。

生まれたばかりの子供たちのことを思うと特に。

だけど同時に子供たちの代にまで引き延ばしたくない問題であるとも感じていた。

（いや……でもミオも再調査結果の開示までは求めていないのか。彼女が求めたのは「再調査」と「真実を知ること」だけだ）

ゲオルグがすべてを秘したまま逝去したことに、そうせねばならなかった理由があったのだと彼女も薄々とは感じているのかもしれない。

だからこそ、自分だけには真実をと求めたのだろう。

『情に流されて軽々しく決断はしないでください』

昨日のアイーシャの言葉が頭をよぎった。

たしかにいま、少しだけミオに同情的な気分になってしまった。いけない。

願いを叶えることの危険性をちゃんと認識しなくては。

するとギムバールはミオに告げた。

「他国への干渉はこの国が叶えられる願いの範疇《はんちゆう》を超えている。どうしてもというのならば私を倒して王となり、この国の王として他国と交渉すべしと言うしかないだろう」

「………」

「しかし、ちょうどこの場にはフリードニア王ソーマ殿が観覧に来られている」

ギムバールがこちらを見た。

「そなたの願いが叶えられるか否か、直接尋ねるがよかろう。その結果をこのギムバールがゼムの王として見届けようではないか」

……口調が威厳がある風だったけど「王国の問題は王国で解決してくれ」と暗に言われた気がした。まあもっともな話だ。俺は立ち上がって前へと歩み出た。

途端にコロシアムに集まった大群衆の視線に晒《さら》される。

皆、俺がどう答えるか興味津々なのだろう。

この国の通念から言えば大会勝者の願いは叶えられて当然であり、ここで拒否するようならブーイングの嵐だろうな。……よし、腹を括《くく》ろう。

「まずはミオとやら。大武術大会の優勝見事だった」

「ありがとうございます」

「そして……そなたの願いは理解した」

「陛下っ」

「ソーマ、そんなこと言って大丈夫なの？」

背後のアイーシャとナデンが心配そうな声を出したけど、俺は後ろに回した手で二人を制止した。俺はミオに敢《あ》えて国王らしく告げた。

「この大会で優勝してまでもの願いだ。相応の覚悟を持ってのことだろう。ならば……その願いを叶えるにあたってはその覚悟を、今一度私に見せてもらおう」

俺の言葉にミオは眉根を寄せた。

「……それはどういう意味でしょうか？」

「武術の大会なのだ。その覚悟はやはり武にて示されるべきだろう」

そして俺はミオに向かって手を翳《かざ》した。

「こちらが差し向ける我が国の戦士一人にそなたが勝利できたならば、そなたの願いどおり『ゲオルグ・カーマインの真意を再調査し、そなたに教える』と約束しよう」

俺がそう宣言するとコロシアムが揺れるほどの大歓声が上がった。

会場の群衆はただ戦いを楽しみに観《み》に来た者たちばかりなのだ。俺の提案はいわばエキシビション・マッチだ。純粋にもう一戦観られることを喜んでいるのだろう。

俺は振り返ると呆気《あっけ》にとられている様子のギムバールに尋ねた。

「こういうことになりましたがよろしいでしょうか？」

「……ふむ。当人が了承するならば良いだろう。もっとも、こうも観客が盛り上がってしまってはいまさら否とは言えませんが」

「感謝します」

会場の喧噪《けんそう》が落ちついたとき、俺はミオに尋ねた。

「この条件を吞《の》むか、ミオ殿」

「その申し出をお受けいたします。今度はたとえアイーシャ殿が相手であっても必ず勝利し、自分の願いを叶えて見せます」

ミオは俺に向かって手を前に組み一礼をした。

「……っ」

アイーシャが大剣の柄《つか》に手を掛けながら俺の横に立った。

『陛下、行かせてください』

と目で訴えてきたけど、俺はそんなアイーシャの脇腹を突っついた。

「あひゃいっ!?」

アイーシャが変な声を出してへたり込んだ。涙目になりながら睨《にら》んでいるアイーシャを横目に見ながら、俺はミオを見下ろすようにして言った。

「勘違いするな。貴殿が戦うべきはアイーシャではない」

「では、誰と戦えばよろしいので?」

「すぐにわかるさ。……こういう仕儀となった!」

俺は観客席を見回しながら声を張り上げた。

「成り行きはお前が観ていたとおりだ! だから、」

両腕を広げながら俺は叫んだ。

「出てこい、カゲトラ!」

叫ぶと同時に観客席から飛び出した黒い影が、ミオのいる舞台の上へと降り立った。

突然の乱入者。その異様な威容に観客たちは息を呑んだ。

巨軀《きよく》を黒い鎧《よろい》で覆い、漆黒のマントを着け、腰には九頭龍《くずりゆう》刀のような大太刀を下げている。そしてなにより面妖なのは黒い剣虎《ソード・タイガー》のマスクを着けていることだった。

「『パルナムの黒虎』……」

隣にいたギムバールがそう呟《つぶや》いた。

黒猫部隊を統べるカゲトラは、他国の密偵からそう呼ばれているそうだ。

『パルナムには黒い虎がいて、出会ったが最後、その密偵は二度と戻らない』

そんな風に伝わって恐れられているらしい。

「まさか連れてきていたのですか」

「はい。私の護衛として」

ギムバールに答えたあとで、俺はカゲトラに命じた。

「カゲトラ。そこにいるミオ殿と戦い、その覚悟のほどを試してやれ」

「……御意」

カゲトラは短く答えると太刀を鞘《さや》から抜き放ち、鞘を舞台の外へと放り投げた。

小次郎、敗れたり……というわけではなく、あの黒マントと長い鞘の相性が悪いからだろう。するとミオも二本の長剣を抜き放って構えた。

「誰かは存じませんが、良き武人と見ました。いざ尋常に勝負です」

「……来られよ」

そして二人は駆け出すと得物と得物をぶつけ合った。

◇◇◇

強い。目の前の人物を一目見たときからミオにはわかった。

全身黒ずくめで黒い剣虎《ソード・タイガー》のマスクを被《かぶ》っているという、奇抜さ狙いにしか思えないような格好をしているものの、纏《まと》っている雰囲気は歴戦の武人のそれだった。

それは打ち合う長剣からも伝わってくる。

ミオが二本の長剣を自在に操り攻撃すれば、カゲトラは太刀で一撃一撃を着実にいなしていく。その堅牢《けんろう》さに、ミオはまるで岩に剣を振っている気分になった。

(私の攻撃がすべて受け止められる……)

アイーシャの持っていた強さとは違う。

長い間戦いの中に身を置いていたことで身につけたであろう老練な武技に加えて、この人物はミオの攻撃を完全に見切っていた。こんな相手は初めて……かと思ったが、似たような感覚をミオは以前にも味わったことがあった。この感覚はそう……。

(……まるで父上に稽古を付けられているときのようだ)

ミオは目の前の人物と打ち合いながらそんなことを思った。

後方に大きく飛び退《の》いて一旦距離をとったミオは、二本の長剣を翼のように広げると一気に間合いを詰めた。相手が太刀を振り下ろすよりも早く胴を薙《な》ごうとする。

「間合いを詰めすぎだ」

「ぐっ」

カゲトラは太刀による攻撃ではなく体当たりを放ってミオを弾《はじ》き飛ばした。

まるで牛の突進を喰《く》らったかのような衝撃に、ミオの身体《からだ》は大きく飛ばされた。

なんとか着地して体勢を立て直そうとしたところに、カゲトラの追撃が迫ってきた。振り下ろされる太刀を二本の長剣で受け止めたミオに、肉薄したカゲトラが告げた。

「生来の膂力《りょりょく》の大きさに頼りすぎだ。自分の力量を過信するあまり間合いの判断が甘くなっている。もっと肩の力を抜き、無駄な動作をなくすことを心がけよ」

「は、はい！……え？」

ミオは弾かれたかのようにカゲトラから距離をとった。

その目は驚きで見開かれていた。

ミオは内心の動揺を抑えるようにアゴの下に流れた汗を手の甲で拭った。

（はい、って……自分はいま、なにを考えていた）

戦闘中だというのに、カゲトラのアドバイスに対して素直に返事をした自分が信じられなかった。ミオは動揺していたが、カゲトラは太刀を構えたまま動かなかった。

ただジッと……ミオのことだけを見つめていた。

（っ!?　まさか……）

黒い剣虎《ソード・タイガー》のマスクの奥に覗《のぞ》く瞳を見て、ミオは予感めいたものを覚えた。

体軀《たいく》、纏う空気、身のこなし、そして繰り出される武技……。

そのどれもが記憶にあった。思い浮かんだ予感にミオの内心は酷《ひど》く混乱し、長剣を構えることさえもできなくなっていた。

「どうした。もう終わりか」

そんなミオにカゲトラは静かな声で告げた。

「終わりにするのか？　そなたの武技も、覚悟もその程度のものか」

「……………っ」

その言葉にミオの目に光が戻った。

ミオは床を蹴るとカゲトラとの間合いを一気に詰めた。カゲトラは頭上が無防備のまま突っ込んでくるミオに向かって太刀を振り下ろそうとして……途中で止めた。

ミオが一切頭を守ろうとしなかったためだ。

ドゴッ！

次の瞬間、ミオはそんなカゲトラの頬をグーで殴り飛ばした。

その衝撃で今度はカゲトラが後ずさることになった。

俯《うつむ》いたまま拳を突き出した体勢のミオはよろめいたカゲトラに向かって言った。

「勝手なことを言わないでください……」

顔を上げたミオの目に宿っていたのは〝怒り〟だった。

「この程度ですむわけがないでしょう。母上はすべて察して受け入れているようですが、私は納得できてません。この怒り、悲しみ、憤り……全部受け止めてもらいます。他ならぬ〝アナタ〟に！」

「……よかろう」

殴られて口の中が切れたのだろう。

カゲトラは口の中の血をペッと吐き出すと、あらためて太刀を構えた。

「武人の会話に言葉は要らぬ。そなたの思いを武にて示してみろ」

「無論。いざ参ります」

そしてまたミオとカゲトラは一進一退の打ち合いを始めた。

◇◇◇

ミオとカゲトラ。二人の戦いを俺たちは観覧席から見ていた。

途中からあきらかに二人の戦い方が変わっていた。

最初は剣を交えながら相手の出方をうかがうという試合らしい展開だったのだけど、いまはお互いが感情の赴くままに戦っていて、まるで喧嘩《けんか》をみているようだった。

とくにミオのほうが感情を爆発させているように見える。

力任せにガンガンと斬りかかり、カゲトラがそれを一つ一つ受け止めていた。

おそらく……そういうことなのだろう。

(「陛下……本当にこれでよかったのでしょうか？」)

後ろに立ったアイーシャが小声で尋ねてきた。

(「ミオ殿がこれで納得するかどうかは賭けだと思いますが……」)

(「まあね。あとでハクヤからは小言をもらいそうだけど……でも、俺は分の悪い賭けではないと思っている。アイーシャも言っていただろう？『武は雄弁だ』って」）

（「それは……言いましたけど」）

なおも心配そうな顔をするアイーシャの腕をポンと叩《たた》いた。

（「今回の件は他国を巻き込んだ手前、大事のように思えるかもしれないけど、ミオさえ納得させられればどうとでもできる。そしてミオを納得させるのに下手な小細工は必要ない。師事した漢《おとこ》が同じだからか、リーシアに似て一本気な性格っぽいからな）

俺は戦うミオを見つめた。

怒っているようだけど、それとは違う感情も見えた。

（「誠心誠意でぶつかればきっと受け入れてくれるはずだ」）

（「……なるほど」）

アイーシャも眼下で戦う二人を見ながらコクコクと頷《うなず》いた。

（「たしかに、二人ともなんだか楽しそうです」）

（「正直『剣を交えればわかるさ《武人式コミュニケーション》』にはついていけないけどな……」）

（「陛下も私と武で語り合いますか？」）

（「大けがしたら政務が滞《とどこお》るから勘弁してくれ……っと」）

もう戦い始めてからだいぶ経《た》ったな。

これ以上じゃれ合うような戦いをしていたら不審に思われるだろう。

俺はカゲトラに向かってあるサインを送った。

「………」

チラリとこちらを見たカゲトラはコクリと頷いた。そして……。

◇◇◇

キンッ！…………カランッ
下から切り上げたミオの長剣の一振りに、カゲトラの太刀が手から弾き飛ばされて地に転がった。すかさずもう一本の長剣がカゲトラの喉元に突きつけられる。

「……参った」

カゲトラがゆっくりと両手を挙げた。勝負ありだ。

そのことを全員が理解したとき、コロシアムを揺るがす大歓声が起こった。

勝者はミオ。しかしミオは誰よりも驚いている様子だった。

「なぜ、勝ちを譲ったのですか」

「……主の命だ」

さすがに誤魔化せないと判断したカゲトラは短く答えた。

ソーマからの指示は『頃合いを見て負けろ』というものだった。

ミオは観覧席にいるソーマを見上げながら呟いた。

「ソーマ王は私の願いを阻むつもりではなかった？」

「……貴殿の父、ゲオルグ・カーマインの真意の再調査は行われるだろう。その結果は間違いなく貴殿の耳にも届くはずだ」

「っ!? ですが、それはもう……」

「それでもだ。こうなった以上、主はすべてを丸く収めるつもりなのだろう。心しておくのだな。そなたにも……これから相応の働きが求められるはずだ」

するとカゲトラは太刀を拾い、ミオに背を向けながら言った。

「そなたも頑迷で愚かな父を持って苦労したことだろう。いまは亡きゲオルグも草葉の陰でお前たちに詫《わ》びているのではないだろうか」

「っ!? それでも!」

ミオは歩き去ろうとするカゲトラに向かって言った。

「それでも父は、私の誇りです! たとえどのような道を歩んだのだとしても!」

「………」

「また、会えますか。……カゲトラ殿」

そう問いかけるミオにカゲトラは振り返ることなく言った。

「……お前たちが王国へと戻れる日が来るならば、どこかで遭遇することもあろう」

カゲトラは現れたときとは逆の方向の観客席の中へと跳び込んで行くと、群衆の雑踏に紛れるようにして姿を消した。

「……うぅ……うぅ」

舞台上に一人残されたミオは俯きながら涙を流していた。

それを見ていた人々はうれし泣きだと思ったようだが、最前列で観《み》ていた人はまるで迷子になった子供が親と再会したときに流す涙のようでもあったと語っている。

◇◇◇

一方、雑踏に消えたカゲトラは人気の少ない廊下で一人の女性と遭遇した。

その女性には猫科の耳と尻尾が生えていた。

多少年輪は感じるが、横顔と眼差《まなざ》しはミオによく似ていた。

彼女の真横でふと足を止めたカゲトラは顔を正面に向けたまま言った。

「……来ていたのか」

「娘の頑張りを親として見届けたかったので」

猫耳の女性も振り向かずにそう答えた。カゲトラはふうと息を吐いた。

「あの子のことを……止められなかったのか」

「止められるわけがないでしょう。私の夫は信念を持って行動する人でした。その人との娘が信念を持って行動するならば私は止めません。それが私なりの信念ですから」

「……そうか」

カゲトラは強面《こわもて》マスクの下で小さく笑った。

「そんな家族では、さぞや気苦労が多かろう」

「ええ本当に。でも家族ですからね。諦めながらも愛しています」

「……武骨者たちにはもったいなき母、もったいなき伴侶だ」

するとカゲトラはその女性の肩をポンと叩いた。

「それでは〝ご婦人〟、どうか達者で」

「はい。そこの〝見ず知らずの人〟も身体《からだ》を大事にしてください。いつかまたどこかで〝偶然〟会える日を楽しみにしています」

そして二人は振り返ることなく反対のほうへと歩いて行った。

◇　◇　◇

「ミオとやら、見事であった」

コロシアムの大観衆が見つめる中で、俺は観覧席からミオにそう声を掛けた。

ミオは舞台上に膝を突き、頭を下げていた。

「面を上げよ。そなたは勝利したのだ」

「……は、はい」

ミオは顔を上げたのだけど、案の定というかなんというか、すごく恐縮しているような顔をしていた。気まずさと困惑を煮詰めたような顔だ。

観客たちは興奮して気付いていないようだが、どう見ても勝者の顔ではなかった。

（まあ色々と思うところはあるだろう）

俺はそんなミオに構わず言葉を続けた。

「約束どおり、国に戻ったらゲオルグ・カーマインの思惑について再度詳しく調査を行うとしよう。ついては貴殿にも我が国へと来てもらいたいのだがよいだろうか？」

「は、はい！　それで構いません！」

ミオはすぐに了承した。こっちはこれで良し。

あとは……ゼムの民衆向けに少しアピールしておくか。

「勿論《もちろん》、貴殿とゲオルグとの縁戚関係はすでに切れているのだから、調査結果の如何《いかん》を問わず貴殿の生命の保証と、貴殿の不利益になるようなことはしないことをこの場で確約しよう！　この会場にいるすべての人たちが証人だ！」

俺が観客に向かってそう宣言するとコロシアム中から拍手喝采が沸き起こった。

勝者はすべてを得る。讃《たた》えられて当然。もし勝者が貶《おとし》められるようなことがあれば、この国の人々は不満に思うことだろう。そうはならないことを示しつつ、ミオを連れ帰るということを決定事項として告げたのだ。

大会優勝者であるミオはゼムにとって手放したくないカードのはずだ。

しかしこの民衆の熱狂の前では、ギムバールもミオの帰還を妨げられないだろう。

俺は自分の席へと戻るとギムバールのほうを見た。

「こういう次第となりましたが、大会優勝者を連れ帰っても問題ありませんか？」

「……民衆もそれで納得しているようですし、異存はありませんよ」

ギムバールは苦笑しつつ肩をすくめた。

「この大会には優勝杯や王座もありません。敢《あ》えて言うなら私の座るこの玉座こそがそうなのかもしれませんが、もう何年も挑戦者は現れておりません」

ギムバールは玉座の肘掛けを摩《さす》った。

「なにより優先されるべきは『強ければどんな願いも叶《かな》えられる』という国風です。だからこそ、こうなった以上ミオとやらの願いは必ず叶えていただきたい」

「その点はお任せください。悪いようにはしません」

「ならば良いでしょう。まあ貴国の者が優勝者としてこの国に留《とど》まるほうが、後々にいらぬ憶測を呼ぶことも考えられますからな。引き取ってもらえるなら都合が良い……そう考えることにしましょう」

「感謝します。ギムバール殿」

ギムバールのほうでもミオの思惑は把握できていなかったっぽいからな。

ミオの言動を見ても王国自体には恨みがなさそうだし、そういった人物を手元に置いておいたらスパイかもしれないと常に疑って掛からなければならない。

そういった手間を考えたら、厄介払いできて清々しているのかもしれない。

「これでカーマイン家のことはなんとかなったのよね？」

ナデンに尋ねられて俺は頷いた。

「ああ。カーマイン家のことはな」

ミオにまつわることについては一先《ひとま》ずの決着をつけられた。

俺は気持ちを切り替えるように自分の頬をペチンと叩いた。

（さあ……明日からも正念場だ）

今回のギムバールの招待に応じた理由はミオの件以外にもう一つある。

ミオの件も放置しておいて大丈夫なのかわからず不安ではあったけど、明日に控えている件もまた、そのまま国の将来に直結するであろう問題だった。

（そろそろアイツも来るころだろうし、気を引き締めていかないと）

歓声の上がる会場を見ながら俺はそんなことを思った。

第七章　初対面

その日の夜。

ブラン・ゼム城の大広間では大会優勝者を讃える宴《うたげ》が催されていた。

城での宴と聞けば華やかなイメージを持つかもしれないが、ここは傭兵《ようへい》の国ゼムだ。礼儀作法には疎く、ましてや国内で開かれた大会の優勝者を祝う宴ともなると、無礼講のようになり飲めや歌えの乱痴気騒ぎが始まってしまう。

ソーマとその妃《きさき》たち、そしてギムバールは宴が始まって早々に挨拶だけして下がっていた。酔っ払った傭兵たちが、外国からの来賓であるソーマたちに粗相を働けば外交問題に発展しかねないため、ギムバールが早期離脱を促したためだった。

付き合ってられないからあとはご勝手に、ということなのだろう。

「うぅ……うっぷ」

そんな乱痴気騒ぎの中でミオが赤い顔で嘔吐《えず》いていた。

今宵《こよい》の主役であるミオは宴の参加者からお祝いの言葉をもらうと同時に、グラスに酒を注《つ》がれて乾杯に付き合わされていた。酒には強いと自負のあったミオだが、こうも数が多いとさすがに足下がおぼつかなくなっていた。

ミオの身体がグラリと傾いたとき、

「おっと」

　誰かにもたれ掛かるようにして支えられた。

「大丈夫ですか？　ミオ殿」

「……コルベール殿か」

　ミオを支えていたのはコルベールだった。

「顔が真っ赤です。飲み過ぎではないですか？」

「うぅ……みんなが乾杯に付き合わせるからぁ……」

　そうして話している間にもミオの胸に込み上げてくるモノが……。

「うっ……オエッ」

「うわあ！　ミオ殿しっかり！」

　コルベールはミオに肩を貸しながら、外の空気を吸わせるべくテラスへ出た。手すりに縋《すが》りながら嘔吐くミオの背中をコルベールが優しく摩ってあげた。

「……すまない。見苦しいところを、うっ」

「無理に喋《しゃべ》らなくていいですから」

　そうしてしばらくするとミオも落ち着いてきたようだった。

「本当にすまない。迷惑をかけた」

「いえ……あっ、今更ですが優勝おめでとうございます」

　コルベールがそう言うとミオは照れくさそうに笑った。

「アハハ……ありがとう」

「陛下がああ仰《おつしや》った以上、貴女《あなた》の願いどおりにカーマイン公の再調査は行われることでしょう。カーマイン家についても悪いようにはしないはずです」

本心だとわかる笑顔で言うコルベールに、ミオは困ったような笑みを浮かべた。

「そう、だな」

「？　嬉《うれ》しくないのですか？」

「あー……その……嬉しいは嬉しいのだが……なんだか色々察せられてしまったとか、胸の内にあったモヤモヤを全部ぶつけられてスッキリしてるというか……」

「？？？」

「いや、こちらの話だ」

訳がわからないといった表情のコルベールに、ミオは苦笑しながら言った。

「それより、コルベール殿たちはすぐに王国に戻られるのか？　私も同行することになると思うのだが、母を連れて行く必要もあるし準備しないと」

「あ、いえ、私は明日にでも帰還することになるでしょうが、陛下たちはまだしばらくゼムに滞在する予定です」

「？　そうなのか？」

「ええまぁ。ミオ殿の件とはべつの用事がありまして……」

なにやら言葉を濁すコルベール。ミオは首を傾《かし》げた。

「武術大会以外の用事？　一体どんな……」

「気になるならば付いてきますか」

急に横から掛けられた声に二人は振り返った。

そこには黒衣を纏《まと》った背の高い怜悧《れいり》な顔の青年が立っていた。

「ハクヤ殿。到着されていたのですか？」

「ええ先程。陛下にはすでに到着を報告しました」

「ハクヤ……フリードニア王国の『黒衣の宰相』殿ですか」

コルベールが驚き顔で名前を呼ぶと、ミオも誰かを悟ったようだ。

ハクヤは頷《うなず》くとミオに軽く頭を下げた。

「立ち聞きしたようですみません。コルベール殿に話しかけようとしたところお二人の会話が聞こえたもので。お初にお目に掛かります、ミオ殿。ソーマ陛下に宰相としてお仕えしているハクヤ・クオンミンと申します」

「あっ、初めまして。ミオ・カーマインです」

ミオが緊張気味に名乗ると、ハクヤは薄く微笑《ほほえ》んだ。

「貴女のことは先程陛下より聞きました。優勝おめでとうございます」

「あ、ありがとうございます」

「カーマイン家のことは王国に帰還後、誠意を持って再調査させていただきます。……できれば陛下には決断するより前に事前に相談してもらいたかったのですが」

ハクヤは疲れたように溜息《ためいき》を吐《つ》いた。そんなハクヤにミオは尋ねた。

「あの、先程の付いてきますかというのは？」

「言ったとおりの意味ですよ。もう一つの件にミオ殿も付いてきますか、とお尋ねしたのです。陛下に聞いたのですが、貴女は陛下や王国に対して敵意はないのでしょう？」

「あ、はい。恨む気持ちなどはまったく」

ミオがそう答えるとハクヤは頷いた。

「ならば問題ありません。明日の護衛は少数精鋭にしたいと考えていたところです。大会に優勝するほどの武勇の持ち主ならば申し分ありません。陛下たちになにかあってはゲオルグ殿の再調査も行えませんから、しっかり護《まも》ってくださるでしょうし」

「は、はあ……」

「お母上のことはコルベール殿に任せるといいでしょう。お母上には先に王国へと戻っていてもらい、ミオ殿は私たちに同行していただくというのはどうでしょう？」

「は、はい。それは構わないのですが……」

ミオは事態が飲み込めずに目を白黒とさせていた。

「あの、結局もう一つの要件というのはなんなのでしょうか？」

「……要人と会うのです。とても大事な」

ミオの問いかけにハクヤは真顔になってそう告げたのだった。

「このゼムで明日、国の将来をかけた会談が行われるのです。そのために陛下だけでなく私も、この国に来たのですから」

「…………」

自分は一体なにに巻き込まれたのだろう。ミオは頭を悩ませるのだった。

◇◇◇

——翌日。


俺たちはゼムシティを離れて空を進んでいた。

『背中に乗ってくれればいいのに』

龍状態のナデンから念話で文句が届き、苦笑してしまった。

ちょうど話し合わなければならないことがあったため、俺は今回はナデンの背中には乗らず、みんなと一緒に龍状態のナデンが運ぶゴンドラの中にいた。

ナデンには不満そうな顔をされたけど、こればっかりは仕方ない。

ゴンドラの中に居るのは俺、アイーシャ、オーエン、それとコルベールに代わって昨夜合流したハクヤがいた。コルベールはハクヤの乗ってきた飛竜《ワイバーン》ゴンドラで、ミオの母君……つまりゲオルグの奥さんを連れて一足先に王国へと帰って行った。

他に護衛の兵士も乗っていたが、その中にミオが所在なげに交じっていた。

「……」

なんでもハクヤが護衛に加わるよう頼んだらしい。

ミオの真意は知れたし、ゲオルグの反乱に対する再調査を約束したことで危険視する必要がなくなったとはいえ、なかなか大胆な起用だよな。

ちなみにゲオルグの反乱の再調査を決めたことに関しては、昨日の夜にハクヤからしっかりとお小言をいただいていた。

『まったく……今回は結果としてはそれで正解だったかもしれませんが、一歩間違えば国益を損なう可能性もあったでしょう。事前に私なりに相談していただきたいものです。いいですか、そもそも陛下は……』

『……』

それからしばらくハクヤのお小言タイムとなった。

俺は一通りの話を聞き終えてから『ちゃんと考えてるよ』と言った。

お説教やお小言に対する弁明は相手の話を聞き終えてからのほうが効果的、というのをリーシアからのお説教タイムで学んでいる。

『ゲオルグはとくに軍関係者から慕われていたからな。反逆者となったいまでも、なにか理由があったんじゃないかと勘ぐる動きもあるだろう？』

『それは……そうですが』

『そういった国内の不和を一気に解消する良い機会だと思ったんだ。ミオさえ協力してくれるなら限りなく真実に近い美談にできるしな』

ゲオルグの計画について一番公にできないのは二点だ。

一つ目。俺がゲオルグからグレイヴを通じて事前に計画を知らされていたこと。

この計画によって犠牲者も出ているのだから、遺族の心情を逆なですることになるだろう。カルラの家のようにゲオルグとの友誼《ゆうぎ》に殉じて反乱に与《くみ》した者たちもいたしな。

そして二つ目。不正貴族にゼムの傭兵たちを雇わせた上で捕虜とし、彼らが秘密裏に蓄えていた資金を傭兵たちの身代金という形で回収したという部分だった。

これがゼム側に伝わるとかなり面倒なことになる。ゼムからすれば俺とゲオルグに騙《だま》されていたことになるからな。外交問題に発展しかねない。

逆に言えば、その二点さえ伏せることができればあとはどうにでもなる。

俺がそう言うと、ハクヤは『はあ……』と溜息を吐いた。

『良臣を死なせたと、国民の陛下への評価が下がるかもしれませんよ？』

『一時的なものだろうさ。ゲオルグは見事に皆を欺き、俺は若さ故に百戦錬磨の名将にいいように欺かれた。ミオが口裏を合わせてくれるなら、そういう風に世評を持っていくこともできるだろう。あとは徹底的にゲオルグを持ち上げてしまえば、公表したところでそこまで俺の落ち度とはならないはずだ』

『……なるほど。陛下の目が節穴だったわけではなく、カーマイン公の手腕が見事すぎたことにするのですか。……悪知恵が働きますね』

ハクヤは少しの感心と大きな呆《あき》れが混ざった溜息を吐いた。

『カーマイン公が聞いていたら反論したいところでしょう』

『そこはほら、死人に口なしってことで』

『物は言い様ですね……』

……と、そんなやりとりを経てハクヤには無理矢理納得してもらったのだ。

もっとも実際に動くのは王国に帰ってからになるだろう。

いまはそれよりもこの後のことに集中しなくては。すると、

「あの、このゴンドラはどこに向かっているのでしょうか。フリードニア王国とは反対側のほうへと向かっているようなのですが……」

事情を把握していないミオが堪えかねたようにそう尋ねてきた。

たしかに俺たちは王国のある東ではなく西に向かっていた。

「ゼムに来たもう一つの理由のためさ」

「……要人に会う、とは聞いていますが」

「そうだな。俺たちの今後の動きに関わる極めて重要な交渉があるんだ。だからまぁ、真っ直《す》ぐ帰国することはできないことは許してほしい。お父上の再調査は王国に戻り次第ちゃんと行うから」

「そ、それは構わないのですが……あの、そんな重要そうな場所に私が付いていってもいいのですか？」

冷や汗をかきながらそう言うミオを見て俺は苦笑してしまった。

カゲトラと戦っていたときは強く凛々《りり》しかったけど、畑違いの交渉の場に連れ出されるともらわれてきた子犬のようにオドオドとしていた。

専門分野では見惚《みと》れるほどに格好良く、それ以外では若干残念な感じになる。

「まるで誰かさんみたいだな」

「……あの陛下？　なんでそこで私を見るんですか？」

アイーシャに非難っぽい目で見られて、俺は誤魔化すように目を逸《そ》らした。

「ま、まあ重要な交渉ではあるんだけど、そこは俺とハクヤの仕事だ。ミオを同行させることで不利益にはなったりしないから安心してほしい」

「そのぶん、陛下には失敗が許されないのですがね」

ハクヤが澄まし顔でしれっとそう言った。

「……わかってるよ。あまり時間は残されていないからな」

「…………」

少しだけ重苦しくなった空気に、ミオはどうしたらいいのかといった顔でキョロキョロと顔を動かしていた。そんなことを話していると、

『ソーマ、着いたわよ。あの家みたいなのところでいいのよね？』

頭の中にナデンの声が響いた。

ゴンドラの窓から見下ろせば、ゼムにある山の一つの頂上付近に一軒の邸宅があるのが

見えた。丸太が多く使われていてカナダのログハウスって印象の邸宅だ。

あれはゼム王が所有する避暑用の別邸なのだそうだ。

そんなゼム王の別邸を見下ろしていると、その近くに豪奢《ごうしゃ》な造りの飛竜用《ワイバーン》ゴンドラが駐《と》まっているのが見えた。

「……先方はもう来ているのか」

「陛下、我らも急ぎ向かいませんと」

「わかってる。ナデン、あのゴンドラの横に下ろしてくれ」

『合点承知よ』

ナデンはするすると下降していき、豪奢なゴンドラの隣に着地した。

そしてナデンが人の姿へと変わり、俺たちがゴンドラから降りると、すぐにゼムの別邸から数名の人物が出てきて俺たちを出迎えた。

「ふふふ」

その先頭を歩いてきた人物は俺たちの前に立つとクスリと微笑んだ。相変わらず……いや直接会ってみてあらためて〝彼女〟の美しさには圧倒される思いがする。

かなり見慣れていたと思っていたのに……。

もちろん単純な美しさなら俺の嫁さんたちだって引けを取らない。

リーシア、アイーシャ、ジュナさんは美人だし、ロロアやナデンは愛らしい。

しかし彼女の場合は纏っている雰囲気が違うのだ。

天性のカリスマ。人を惹《ひ》きつけて止《や》まない魅力とでも言おうか。フウガにもあったものだけど、あの男の場合は同じく桁外れの武勇に起因するところが大きい。そのカリスマ性を彼女の場合は人間的な魅力のみで獲得しているのだ。

すると彼女が俺に向かって手を差し出してきた。

俺はその手をとり、その上に左手を重ねると、彼女もまた自身の左手を重ねてきた。

両手でしっかりと握手をする俺たち。彼女は微笑《ほほえ》みながら言った。

「ようやく、お会いすることができましたね。ソーマ殿」

「はい。こうして直接会話できることを嬉《うれ》しく思います。マリア殿」

不思議とそんな気がしないけど、これが俺とグラン・ケイオス帝国女皇マリア・ユーフォリアとの（玉音放送越しを除けば）初対面だった。

◇◇◇

ゼム王ギムバールからの招待に応じたもう一つの理由。

それはギムバールから、傭兵《ようへい》国家ゼム内でのフリードニア国王の俺と、グラン・ケイオス帝国女皇マリアの会談を提案されたことだった。

ギムバールの思惑としては俺を大武術大会に招いて自国の傭兵たちの精強さを見せつけ、傭兵の再契約はできなくとも相互不可侵の約定を取り付けたかったのだろう。

そのために俺を招く餌として用意されたのが、王国に含むものがあると思われるミオの存在と、女皇マリアとの会談場所の提供だった。

我が国と帝国は友好的な関係を結んでいるが、基本的には秘密同盟だ。

王国と帝国、それとトルギス共和国を加えた医療同盟に基づく交易などは外から見ていてもわかるだろうが、玉音放送を通じて常に意思疎通ができる状態にあることなどは両国の上層部のみにしか知らされていない。情報が漏れ、我が国と帝国（それと共和国）が親密な関係にあることを第三国に知られれば警戒されかねないからだ。

とくにフウガなどに知られたら厄介だ。

大陸の国家で国力が第一位と第二位が手を組んでいることを知られれば、あの男はそれを上回る力を早急に付けなければならないと躍起になって富国強兵に励むはずだ。おそらく更に苛烈に、手段を選ばず野望に向かって邁進《まいしん》することだろう。

そういった事態を避けるために秘密にしてきたため、俺やマリアがお互いの国に出向いて直接会談を行うということができなかったのだ。

しかし今回はゼム王の発案という形でその機会を得ることができた。

ゼムが両国の友好関係を把握しているというわけではない。

王国と帝国に挟まれる形になっているゼムとしては、両国の争いに巻き込まれる危険性があるのかを測りたいから提案したのだろう。おそらく俺とマリアを直接会わせてみて、その雰囲気で両国が友好的かどうかを測りたいのだろうと思う。

そんなゼムの思惑に乗せられているのはわかっている。

しかしちょうどマリアと会談する必要性があった俺たちにとって、この提案は渡りに船であり、ミオとのこともあったので今回ゼムを訪れることを決めたのだ。

そしてギムバールは実際に大会中に俺から「ゼムが真に中立であれば敵対しない」という言質をとっているので、その目的の大半は達成されたと見ていいだろう。

やはりギムバールは武勇一辺倒ではない食えない王様だったようだ。

そうして今日、ゼム王が所有する山の上という下界から隔絶されたこの別邸で俺とマリアの会談が行われることになったわけだ。

俺たちを出迎えたマリアの後ろに続く人々の中に見知った顔がいるのを見つけた。俺はマリアの次にその人に手を差し出した。

「久しぶりだな。ジャンヌ殿」

「はい。ソーマ王もご壮健そうで」

マリアの妹であり将軍のジャンヌだ。

ジャンヌは俺と握手をすると、次にハクヤと向き合った。

「ハクヤ殿もお久しぶりです。また会えて嬉しいです」

「私もです。ジャンヌ殿もお元気そうでなによりです」

「定時連絡のときに顔は見ているのですがね。なんだか変な感じです」

「ふっ、そうですね」

ジャンヌは満面の笑みだし、ハクヤの仏頂面も心なしか口元が緩んで見えた。

二人は相変わらず仲がいいようだ。主君に振り回されがちな二人は『横着君主被害者の会』なるものを結成しているそうだ。ちなみに会員にはロロアに振り回されるコルベールや、クーに振り回されるレポリナも入っているとかいないとか。

するとマリアがポンと手を叩《たた》いた。

「そうだ、ソーマ殿。今日の会談で警護してもらうために、ジャンヌ以外にも我が国の有力な将を連れてきているのです。ここで紹介させてください。ギュンター、クレーエ。こちらに来てくださいな」

「「はっ」」

マリアが呼ぶと、後ろにいた立派な鎧《よろい》を着た男二人が前に出てきた。

黄色の鎧を身につけているのはいかにもマッチョな大男だった。

体格的にはオーエンやヘルマンが近いだろう。角刈りにアゴ髭《ひげ》の厳《いか》つい顔をした男で、歳《とし》は三十～四十くらいに見えるけど絶対に年より老けて見えるタイプだと思う。

「………」

その男は口を牽《ひ》き結び、軍人らしく手を後ろで組み、アゴを前に出すように顔を斜め上に向けていて、こちらとは目を合わせようとしなかった。

もう一人の青い鎧の男は正反対な感じの、ユリウスのような細マッチョな男だった。

こちらは三十前後くらいだろうか。ロン毛で少し化粧もしているみたいで、ビジュアル系ロックバンドのメンバーといった顔をしていた。

ロン毛の男は俺を見るとなにやらニタニタした笑みを浮かべた。不快に感じるほどではなかったけど、こんな粘っこい視線は感じたことがなかったので少し寒気がした。

するとマリアが手の平を向けながら二人を紹介した。

「紹介します。我が国の将でこちらの大きいほうがギュンター・ライル、こちらのスラリとしたほうがクレーエ・ラヴァルと言います。ジャンヌを加えたこの三人が、軍事に疎い私に代わって帝国軍をまとめてくれているのです」

「……ギュンターです」

大男のほうがボソリと言った。

少し高圧的に感じるけど、それでいて敵意のようなものは感じなかった。

おそらく元来寡黙な男なのだろう。マリアが顔色を変えていないところを見ると、どうやらこれが平常運転のようだ。一方のクレーエはと言うと、

「これはこれは初めてお目に掛かりますソーマ王、私の名前はクレーエ・ラヴァルと申します、以後お見知りおきくださいませ、私のことは気楽に『ラヴちゃん』と呼んでくださっても結構ですよ、あら呼ばない、それは失礼いたしました、それでもお見知りおきいただきたいという気持ちは本当ですよ、ええ、私は嘘《うそ》偽りなど申しませんとも」

ギュンターの分まで喋《しゃべ》ったとしてもまだ余るほど饒舌《じょうぜつ》に語り出した。

そして人懐っこい笑顔で近づいてきて、俺の手を両手で握ってブンブンと振る。

「…………」

反応に困ってマリアたちのほうを見ると、マリアは少し困ったように笑い、ジャンヌは「またか……」といった感じに額を押さえていた。

……どうやらこちらもこれが平常運転のようだった。

「えーっと……帝国にも個性的な人材がいるのですね」

「二人とも忠義に厚い頼もしい将軍ですわ」

俺が引きつった笑顔でそう返すと、マリアは営業スマイルで答えた。

多分有能だから人格とかは二の次で使っているということなのだろう。うちの国も似たようなのはいるし（ドS侍従長《メイドちょう》セリィナとか超科学者《オーバー・サイエンティスト》ジーニャとか）。

するとクレーエがまたペラペラとしゃべり出した。

「それにしても我らが西の聖女と東の勇者が対面する場所に居合わせようとは、我が至福の喜びにございます、まさに伝説の一頁《ページ》、お二人が手と手を携えて魔王領の脅威を打ち破った暁には、今日という日は永遠に語り継がれるというもの、ああ素晴らしいですマリア陛下、貴女様《あなたさま》こそまさに聖女」

恍惚《こうこつ》とした表情で詩でも歌うかのようにまくし立てるクレーエ。

なんというか若干の変態臭がして正直ちょっと気色悪いな。

「マリア様こそ天が地上に遣わした美の象徴であ痛っ！」

「ベラベラ喋りすぎだ馬鹿者！」

なおも喋るクレーエを、ジャンヌが拳骨《げんこつ》を落として黙らせた。

そしてその頭を引っつかむと一緒に頭を下げた。

「あっ、ジャンヌ殿、痛い、痛いですって……」

「すみません、クレーエ殿の言葉は聞き流してください。元々感受性の強い方なのですが、聖女としての姉上を崇拝しすぎて夢見る乙女のようになるのです」

「……本当に、帝国にもおもしろい人がいます」

そう当たり障りがないように言うと、マリアはクスリと笑った。

「国が広いですからね。いろんな人がいるのが当然です。王国もそうでしょう？」

マリアは俺の後ろにいる我が妃《きさき》と家臣たちを見ていた。それもそうだな……。

「ああ、紹介しますマリア殿。妻のアイーシャとナデンです」

「初めまして。アイーシャ・U《ウドガルド》・エルフリーデンです」

「ナデン・デラール・ソーマです」

今度は俺がマリアにアイーシャとナデンのことを紹介した。

二人も玉音放送を通じての会談に同席したことがなかったから、マリアとはこれが初対面だった。もっともジンジャーとサンドリアのような特例を除けば、放送会談は秘密裏に行っていたこともあって同席した者自体が少ないのだけど。

「お二人のことはソーマ殿から聞いています。可愛《かわい》らしい方たちですね」

マリアは二人に向かって微笑んだ。

「この人があの歌って踊れる女皇様……割と普通っぽいわね」

ナデンがマリアを見てポソリと呟《つぶや》いた。

そう言えばナデンは星竜連峰では帝国側の放送番組を見ていたんだったな。

ちなみにナデンが使っていた簡易受信機はいまは王城にある。

スパイ活動と思われて悪印象を抱かれたくなかったので、マリアには一応帝国の放送が映る受信機の存在は伝えてある。マリアからはうちと同じように番組用の宝珠と、重要な通信用とはわけているから問題ないとの返答をもらっている。代わりに王国側の放送番組が観《み》られる受信機がほしいとのことだったので、一つ送っておいた。

ちなみにマリアが歌って踊る姿を見たジュナさんが、

『天賦のカリスマ性……恐ろしいほど才気に溢《あふ》れた方です』

……と対抗心を燃やしていたっけ。ジュナさんの実は負けず嫌いな一面が垣間見《かいまみ》られてちょっと得した気分になったのは内緒だ。

「すごいですねー。ジャンヌより強そうな女性って初めて見ました」

「きょ、恐縮です」

マリアが直立しているアイーシャの身体《からだ》をペタペタと触っていた。

物腰が柔らかくて誰とでも自然体で接することができる。

人との距離感を詰めるのが上手《うま》く、帝国民から愛されるのがわかる気がした。これを天然でやってるとしたらまさに魔性の女性だろう。クレーエに限らず、男ならば誰しもが手のひらの上でコロコロされそうだ。

「て、帝国の女皇？　本当に？」

変な声がしたので振り返ると、ガチガチに緊張したミオが目を白黒とさせていた。

言われるがままに付いてきたら、いきなり目の前に西の超大国のトップがいるのだから理解が追いついていないのだろう。そんなミオの背中をオーエンが叩いた。

「っ！　オーエン殿？」

「気持ちはわかりますが落ち着きなされ。王国で暮らしていればこのような突拍子もないことはよく起こります故。早めに慣れたほうが気が楽ですぞ」

「……私が去ったあとの王国ってどうなってるんです？」

心外だな。悪いようにはなっていないぞ、多分。

「姉上、そろそろ」

「ふふっ、そうですね」

ジャンヌに促されてマリアはこちらを見た。

「いつまでも立ち話ではなんですので中に入って話しましょう。なにやらそちらに大事な話があると事前に伺っておりますし」

「はい。つきましては会談に立ち会う人数を制限したいのですがよろしいですか？　部屋の中で補佐する者を一名、部屋の外に警戒要員を一名で」

「……わかりました。私はジャンヌに同席してもらいます。警備はギュンターさんに」

「ではこちらはハクヤに同席してもらい、警備はアイーシャに」

残りのメンバーは周囲を警戒するように命じておいた。

その際に会談から外されたラヴちゃん……じゃなかったクレーエが、

「どうしてこのような歴史会談から外されるのですか、とても悲しいです、ギュンターなんて無口なだけの牛のような男ではないですか、後生ですから私もお側《そば》に置いていただきたく、お願いしますお願いしますお願いします」

と、涙ながら立て板に水で懇願していたけど、マリアもジャンヌも「はいはい」と聞き流していた。それどころかマリアはナデンを指差して言った。

「あそこにおられる黒髪のナデン殿は星竜連峰出身のドラゴンだと聞いてます」

「えっ、なんで私の話に!?」

急にマリアから話を振られてナデンが目を見開いていた。

するとクレーエの目がキラーンと輝いたような気がした。マリアは言う。

「なんでも星竜連峰のドラゴンの中でも『龍』という特別な種族だとか。そんなナデンさんとノートゥンの竜騎士でもないソーマ殿がどのようにして出会い、また絆《きずな》を結んで契約するまでにいたったのか興味はありませんか？」

「……たしかに！」

うわぁ……マリアったらクレーエの興味を会談から逸《そ》らすために、ナデンの素性を持ち出して押し付けようとしている。さすが女皇様、手腕がえげつない。

「私たちが会談をしている間にお話をお聞きしたらどうでしょう」

「おおお是非に！」

クレーエはズズイとナデンに近づくと手を前に組んで頭を下げた。

「どうかどうかお話をお聞かせいただきたく！」

「近い近い！　ソーマ、この人痺《しび》れさせちゃダメ!?」

「いや、さすがに他国の将軍だし……」

「構いません。無礼が過ぎるようならとっちめてください」

「いいの!?」

ジャンヌからあっさりと許可がおりた。いいんだろうか？

ナデンは黒髪を逆立ててバチバチと電流火花を飛ばし威嚇したけど、どうやらクレーエはまったく気にしていないようでズンズンと近づいていく。

「おおお、勇者の伴侶であるドラゴンは雷を纏《まと》うのですか、まさに神秘的神話的ではないですか、ああ、貴女とソーマ王の出会いが気になります、そこにどのような物語があったのか、どうかこの私めに教えていただきたく、いざいざいざ！」

「ぎゃあ！　ちーかーづーくーなー！」

なんというか、ここまでブレないと流石《さすが》とさえ思えてくるな。

（あっ、なんかクレーエの性格を一言で表せるワードを思いついたかも……）

病的なほどのロマンチスト。それがあのクレーエという男なのだろう。

「すまない、ナデン。会談に絡むと面倒そうなんで相手してやってくれるか？」

「ちょっ、なんで私が！」

「頼むよ。あとで埋め合わせはするからさ」

拝むように手を合わせて頼むとナデンは「むぅ……」と唸《うな》った。

「……絶対に、この埋め合わせはしてもらうからね」

「ああ、必ず」

「わかったわよ。ちょっとの間だけ話し相手になってあげるわ」

どうやら納得してくれたみたいだ。ナデンがクレーエを引き受けてくれたので、俺たちは早速邸宅の中に入って会談を行うことにした。

第八章 直接会談

俺たちは会談場所となるゼム王の別邸の居間へと向かった。

居間にある二つのソファーに俺とマリアが向かい合って座り、それぞれの横には補佐役であるハクヤとジャンヌが座った。

そして部屋の扉の近くにはギュンターが、反対側の窓際にはアイーシャがそれぞれ立っていて、部屋の警備をしながら盗み聞きする者が現れないかを見張っている。

友好国との会談にしては物々しいけど、ここが第三国《ゼム》である以上仕方がない。

「こうして直接お会いできるという機会は貴重です。当方にはこの機会に、是非とも貴国と話し合いたいことがあります」

少し緊張した空気の中で俺は早速本題を切り出した。

「話し合いたいこと……ですか？」

マリアは眉をひそめつつ小首を傾《かし》げた。

「それは放送会談ではできない内容ですか？」

「できないことはないのですが、放送越しでは伝わらない感情や場の空気のようなものもあるでしょう。そういったことを正しく伝えるためには、やはり直接会うことが望ましいと思っていました。今回話し合いたいことは下手に伝われば両国の関係にヒビを入れかねないものだと思っていますので」

「……聞きましょう」

マリアがこちらの真意を探るような目でそう言った。

まずは話を聞いてから、ということだろう。

そんなマリアの目を真っ直《す》ぐに見返しながらストレートに言った。

「近々、我が国は九頭龍《くずりゅう》諸島連合に艦隊を派遣することになるでしょう」

「……」

「なっ!?」

静かに瞑目《めいもく》したマリアとは対照的にジャンヌが驚きの声を上げた。

九頭龍諸島連合は王国の東の海にある島々の集合体だ。

九頭龍王という共通のトップを戴《いただ》いてはいるものの、それぞれの島は自治意識が強くて、政治形態も各島ごとに異なっておりまとまりがなかった。そんな諸島連合に軍を派遣すると聞いてジャンヌはバンと机を叩《たた》くと、キッと俺たちを睨《にら》んだ。

「この期に及んでも尚《なお》人類同士の戦争を行う気ですか！　魔浪の脅威はソーマ王も経験したことでしょう！　人類が一丸とならねばならないこの時期に「ジャンヌ」」

マリアが名前を呼ぶとジャンヌは押し黙った。

マリアは表情を一切変えておらず、とくに大きな声を出したわけでもないのに、その一言には大国を背負う者が持つ迫力のようなものがあった。

こっちまで背筋が一瞬ゾクッとしたくらいだ。

「とりあえず、ソーマ殿の話を最後まで聞きましょう」

「……感謝します。ハクヤ、地図を」

「承知しました」

俺はハクヤが広げた地図を指差しながら説明した。

「我が国は九頭龍諸島連合と海を隔てて隣接しております。そして我が国とこの国とは現在、漁業に関する問題で険悪な関係にあります。諸島連合の漁船が大挙して我が国の近海で漁を行い、我が国の漁民たちと度々トラブルになっているのです」

マリアはフムフムと頷《うなず》いた。

「事情は聞いています。ですが、穏便に取り締まることはできないのですか？」

「無理です。漁船団の中に武装船が交じっていて取り締まりを妨害してくるのです。相当な手練《てだ》れのようですし、おそらく諸島連合の正規軍でしょう。つまり……」

「密漁を国が後押ししている、ということですか」

マリアの言葉に俺はコクリと頷いた。

「問題の根本を叩かないかぎりイタチごっこになります。そのために我々は九頭龍諸島へと艦隊を派遣し、問題の根本を叩いて漁民の安全を確保します」

「艦隊……海戦を行うのですか」

「諸島連合も我が国と同じく『人類宣言』には加盟してません。帝国が保護する必要はないかと思います」

「そう、ですか……」

そう言いながらマリアはじーっと俺の目を見ていた。

怒ったり、悲しんだり、疑ったりする様子もなく、まるでこちらの心中を見透かそうとしているかのようだった。……この視線はやりにくいな。

平静を装ってみるものの手に変な汗が滲《にじ》んできた。

「……なにか質問はありますか？」

「……」

尋ねても、マリアはなにか考え込むように押し黙っていた。

諸島連合に艦隊を派遣すると言えば批難されたり、もしくはいろいろと質問されるだろうと思っていただけに、この沈黙は予想外で気まずかった。

批難されるよりもよほど針の筵《むしろ》に座っている気分だ。

すると、ジャンヌもまたこの沈黙に耐えかねたようだ。

「ハクヤ殿！　このことはハクヤ殿の献策ですか！」

「……私の発案ではありませんが、陛下と熟考した上でのことです」

「貴殿も同意していると。どうして……」

「ジャンヌ」

ジャンヌの言葉を遮るようにマリアが名前を呼んだ。

「ジャンヌ。貴女《あなた》はハクヤ殿と玉音放送を通じて交渉していて、人となりを知っているはずよね？」

「……はい。でも、いまはなにを考えているのかわからなくなってます」

「そういうときは相手の顔を見るのです」

顔？　俺は自分の頰をペタペタと触った。そんな変な顔をしていただろうか。

俺のそんな反応を見てマリアはクスリと笑った。

「心に疚《やま》しい物があれば顔に表れます。こちらの機嫌を損ねまいと愛想がよかったり、欺《だま》してやろうと意気込んだり、企《たく》みがバレるんじゃないかと緊張したり……ね。ジャンヌから見てハクヤ殿の顔は普段の交渉のときとは違っていたかしら？」

「……いえ。いつもと同じだったと思います」

「ソーマ殿の顔もそのように感じたわ」

マリアは真っ直ぐに俺の目を見ながら言った。

「つまり、なにか考えがあってのことなのですね？」

「はい」

「それをいまここで教えてもらえますか？」

「できません。お二方を信頼していないわけではないのですが、情報が漏れればこれまで進めてきた準備のすべてが無駄になります。それは絶対に避けなければいけません」

俺は真っ直ぐにマリアの瞳を見返しながら言った。

目で疚しいことがあるかがわかるなら、見透かしてもらったほうがいい。

「盟友を失望させることはしないと誓いましょう」

マリアはこちらが驚くほどアッサリと答えた。

「ならば、いまは盟友の言葉を信じましょう」

「姉上……」

「ですが、もしもこちらの信頼を裏切るようなことをするならば、秘密同盟、医療同盟、共同研究を含めたすべての協力態勢を白紙にせざるをえないことをお忘れなく」

俺たちのことをまずは信頼してくれる豪胆さを持ちつつ、釘《くぎ》を刺すことも忘れない。

流石は大国を背負って立つ女性だ。

やはり器の大きさでは到底太刀打ちできないな。

「肝に銘じます。貴女とは戦いたくありませんので」

「同じ気持ちです。……それで、こちらの不興を買うかもしれないことを敢《あ》えて言ったということは、なにか理由があってのことなのでしょう？」

確信を持っているであろうマリアの言葉に俺は観念して頷いた。

「ええ。つきましては帝国にご協力いただきたいことがあります」

「東西から諸島連合を挟撃しよう、などというのは無理ですよ？」

「そのようなことは求めません。帝国には和平の仲介をお願いしたい」

「和平……ですか？」

マリアはまた難しそうな顔をした。艦隊を派遣すると言っておきながら、和平の仲介を依頼するという真逆のことを言っているのだから訝《いぶか》しむのも当然だろう。

「その相手は九頭龍王ということでよろしいのですか？」

「いいえ。九頭龍王もまた艦隊を集めているようです。説得は無理でしょう。ですので、お手数ですが帝国には各島の指導者に直接、我が国と戦うことのリスクを説いてほしいのです。そして『王国は一度戦うと決めたら九頭龍諸島全島を支配下に置くだろう。だから争いは避けるべきだ』と各島の危機感を煽《あお》っていただきたい」

「っ！……それでは争いを回避できないでしょう」

マリアの表情が一層険しくなった。

「あの国はなんらかの事情で大陸から追われた人々が、寄り集まってできたという歴史的な経緯があります。体制を嫌う反骨精神が国民に根付いていて、『槍《やり》の石突きとなるくらいなら短剣の切っ先となれ』を地で行く国です」

槍の石突きと……というのはこの世界の諺《ことわざ》で、前にいた世界の『鶏口となるも牛後となるなかれ』のような意味の諺のようだ。マリアは言った。

「私たちが『人類宣言』に参加するよう申し入れても、一つの島として応じるところはありませんでした。『強い相手だから戦いを避けなさい』などと言ったら、あの国の場合、そんなことはできないと却《かえ》って奮起することでしょう。そうなれば……っ!?」

マリアは目を大きく見開いた。

「まさか、それが狙いなのですか!?」

「……」

どうやらマリアはこちらの意図を正確に察したようだ。

となれば……怒るかなぁ、と思っていたのだけど、マリアは余計に考え込んでいた。

この反応は予想外で俺はハクヤのほうを見た。ハクヤも困惑しているようだ。

一方ジャンヌはマリアと俺たちの顔を交互に見比べていた。

黙ってマリアの言葉を待っていると、彼女はやがてゆっくりと口を開いた。

「……朧気《おぼろげ》ですが、ソーマ殿たちがやろうとしていることが見えてきました」

「えっ」

今度は俺が驚く番だった。

（まさか……あれだけのやりとりで俺たちの思惑を察したというのか?）

「私たちも常に各国の情報は集めています」

絶句する俺にマリアはニコッと笑いかけた。

「九頭龍諸島連合の情報もある程度は入ってきています。そしてソーマ殿の言葉には一切の嘘《うそ》がないと感じました。あの国の状況と、いまソーマ殿が口にしたことを照らし合わせてみれば、ソーマ殿がしたいと思っていることも朧気ながら見えてきます」

「………」

……すごい人だ。これは完全にではないとしても、こちらの思惑をほぼほぼ察していると見ていいだろう。もう何度目かわからないけど、さすがすぎる。

天性のカリスマ性だけでなく、とてつもない聡明《そうめい》さをも持っている。

するとマリアはポンと手を叩いた。

「わかりました。この件に関して、帝国は王国に全面的に協力しましょう」

「あ、姉上⁉ そんな即決してよろしいのですか⁉」

ジャンヌが抗議したけど、マリアはどこ吹く風といった感じだった。

「私の予想が当たっていれば帝国にとっても意味のあることです。ただし、貴国への貸し一つといったところでしょうか？」

茶目っ気のある顔でそう言われ、俺は毒気を抜かれて肩を落とした。

「……借りにしといてください。なにかの折りにお返ししましょう」

「ふふふ、その言葉、忘れないでくださいね」

こうして帝国との話はまとまった。

結局、マリアに格の違いを見せつけられる結果となったが、なにはともあれ帝国の協力を取り付けられたことに違いはない。ゼムまで来た甲斐《かい》があったというものだ。

(これで俺たちは心置きなく九頭龍諸島連合に艦隊を派遣できる)

マリアの聡明さには驚かされっぱなしだったけど、肩の荷が下りた気がした。

一番大事な話し合いを終えたあとは、その他いくつかの交渉を行った。

これは普段から放送を通じて行っているものの延長線上なので問題なく終わり、こうして俺とマリアの初の直接会談は終わった。

このあとはこの別邸にて懇親会を行うことになっている。

いまからお互いの国に帰ろうとすると夜の移動になってしまい、警護しづらいとのことなので、この地に一泊して明日の朝に帰国するという手筈《てはず》になっていた。

懇談会用の食事はこの国で仕入れた食材を、王国と帝国がそれぞれ同行させていた料理人に調理させて用意した。毒味などもそれぞれで行っている。

俺やマリアになにかあれば、ゼムにとっては東西から挟撃されるリスクが高まるだけなのでさすがになにも仕掛けないとは思うけど、万が一に備えて毒味などの安全対策は講じている。国のトップ同士が会うことの難しさを改めて痛感させられる。

ちなみに王国側の料理人だけど、さすがにこれ以上要人が増えても警護しきれないので農林大臣ポンチョや妊娠中のセリィナ、コマインは連れてこられなかった。

その代わりに彼のお食事処《どころ》『イシヅカ』で働いている料理人たちを同行させた。

『『せ、誠心誠意務めさせていただきます！』』

西の大国の女皇様も食べる料理を作るよう命じられて、彼らはガチガチに緊張していたようだけど……それでも頑張ってくれたようだ。

「あーもう、外はカリカリ、中はジューシーです」

それは満面の笑みで竜田揚げを頬張るマリアの顔を見ればわかるだろう。

今回は使えるスペースに限りがあると言うことで、立食のバイキング形式になっていて両国の人々が思い思いに歓談していた。

「モグモグ、王国のご飯ってこんなに美味《おい》しかったでしたっけ？」

「我が家には食にうるさいのが揃《そろ》ってるもの」

ミオとナデンがそんなことを話していた。ナデン、自分のこと棚に上げてない？

「ギュンター殿！　良い筋肉をしておいでですな！」

「……オーエン殿も」

「オホホホホ、ギュンター殿は柄にもなく照れているようですね」

オーエン、ギュンター、クレーエの武将チームもなんだかんだで意気投合しているようだし、懇談会は和やかなムードで進んでいた。

貴族の夜会に招待されたときに比べれば、揉《も》み手《で》と貼り付けたような笑顔でご機嫌をとろうとしてくるヤツが寄ってこないぶんかなり気楽な感じだ。

俺とマリアで話していれば配下ですら遠慮して近づいてこないからな。

そのせいもあってかマリアはモグモグタイムを堪能《たんのう》していた。

「レシピは教えてもらっていますが、やはり本場の物は違いますね。使ってるお醬油《しょうゆ》からして我が国の物よりも風味が良いですし」

「それはまあ、妖狼族《ようろうぞく》の日々の研鑽《けんさん》の賜物《たまもの》でしょう」

「美味しすぎてフォークが止まりません」

ニッコリ笑顔で美味しそうにパクパクモグモグと料理を食べるマリア。

なんだかぐっと親近感が湧いた。

（ジャンヌからは『プライベートでは少々残念な感じになる』と話には聞いていたけど、素だとこんな感じのゆるゆる女性なんだなぁ……）

そんなことを思っていると、アイーシャがやってきてマリアにお皿を差し出した。

「マリア殿。こっちの煮浸しも美味しいですよ」

「まあアイーシャ殿、本当ですか？　それは是非食べなければ」

なぜか食いしん坊ダークエルフのアイーシャとも意気投合しているしな。

「あの、マリア殿？　あまり羽目を外すとまたジャンヌ殿に怒られるのでは？」

心配になってそう尋ねると、マリアはウフフと楽しそうに笑った。

「大丈夫ですわ。ジャンヌはいま別室で拗《す》ねてますから」

「あー……そうでしたね」

さきの会談で最も重要であった『九頭龍《くずりゅう》諸島連合への艦隊派遣問題』。

俺とハクヤはその内情について詳しくは語らなかったし、マリアも大方のことは察しはしたようだけど口には出さなかった。

いやむしろ察したからこそ機密保持のために黙っていてくれたのだろう。

そのため一人だけ蚊帳の外に置かれたジャンヌが拗ねたのだ。

もちろん、他国との懇談の場所であからさまに拗ねたりはしない。

『すみません。体調が優れないので下がらせてもらいます』

……と断りを入れて、べつの部屋へと引き下がっただけだ。ただ姉のマリアから見れば、仲間はずれみたいにされて拗ねているのが丸わかりなのだそうだ。

するとマリアが頭を下げた。

「すみません。ジャンヌのこと、ハクヤ殿にお任せしてしまって」

「お気になさらず。もともとハクヤはこういった賑《にぎ》やかな席が苦手のようですし、案外、これ幸いと抜け出したのかもしれません」

「そうなんですか？」

「ええ。それに……」

首を傾《かし》げるマリアに、我ながら意地が悪いなぁと思いつつ告げた。

「あの独身貴族も、たまには女性に振り回されればいいんです」

◇◇◇

「……フン」

べつの部屋ではジャンヌがツンとそっぽを向いていた。

「……………」

その近くには少し困り顔のハクヤも立っている。

政略や戦略に関しては明晰《めいせき》な頭脳を持つハクヤだが、城仕えする前はずっと本の虫だった独身男なのだ。女性と接する機会もそう多くはなく、不機嫌そうな女性を宥《なだ》めるにはどうすればいいかはまったくといっていいほどわからなかった。

（こんなことなら陛下とお妃方《きさき》のやりとりをもっと観察しておくべきでした……）

ソーマと妃たちとの仲は良好だが、言い合い程度ならしょっちゅう行っている。

ソーマのデリカシーのなさにリーシアたちが怒ることもあれば、妃同士で徒党を組まれて自分の意見を無視されたソーマが拗ねることもある。

この前などはシアンとカズハの将来の教育方針について言い合っていたようだ。

さすがにまだ早いだろうと周囲で聞いていた者たちは呆《あき》れていたが。

しかし、そんな言い合いも結局は夫婦間のじゃれ合いのようなものであり、放っておいてもすぐに仲直りしている。ソーマの世界では『犬も食わない』と言うらしい。

ハクヤとしては他所様《よそさま》の家の夫婦げんかなどに首を突っ込みたくはないので関わらないようにしてきたが、リーシア妃たちを怒らせたときにソーマがどのように宥めているのかを見ておけばよかったと、このときは本気で後悔していた。

「あの……ジャンヌ殿？」

「……なんですか、ハクヤ殿？」

声を掛ければ一応返事をしてくれるようだ。

「その……怒っているのですか？」

「……怒っているというより、憤っています」

「……申し訳ない。ですが、どこに人の耳があるかわからない場所では迂闊《うかつ》なことが言えないのです。ジャンヌ殿を疎《おろそ》かにする意図などは……」

「違いますよ」

ジャンヌはハクヤの弁明を遮るとクルリと彼のほうを向いた。

「私が憤っているのは、私自身の不甲斐《ふがい》なさにです」

ジャンヌは胸の下で腕を組むと悲しげに目を伏せた。

「『姉上が理想を掲げるかぎり、王国は帝国と共に歩む』……そう言ってくださったはずのソーマ王が、九頭龍諸島連合を侵略するようなことを言い出した。それだけでも眉をひそめたくなることなのに、姉上はなぜかそんなソーマ王の要請に協力するという」

「それは……いえ……」

なにか言おうとしてハクヤはやめた。ジャンヌは頭を振った。

「人が変わったようなソーマ王とハクヤ殿の考え、理想を捨て去ったかのような姉上の考え……私には、貴方《あなた》たちがなにを考えているのかわかりません」

「……」

「それでも、三人にはなにか考えがあってのことだということはわかります。単に私だけが事情を察せられていないだけなのだと。それが……とても悔しい。姉上はわずかなヒントから正しく思惑を察せられたというのに」

ジャンヌが憤っていたのは蚊帳の外に置かれたことではなく、事情を察することができない自分自身の不甲斐なさだったのだ。ハクヤは小さく溜息《ためいき》を吐《つ》いた。

「マリア殿は聡明な女性ですね。思惑を見抜かれたかもしれないのは、こちらとしても予想外でした。たとえ一時的に険悪になったとしても、マリア殿がマリア殿らしく行動してくれればそれで良かったのです。しかし、マリア殿は大方のことを察した上で協力を約束してくださいました。おそろしいほどの慧眼《けいがん》です」

「姉は私生活はゆるゆるですけど、とても頭が良いですからね」

ジャンヌは力なく笑った。

「だからこそ、私たちは姉上を頼ってしまう。頼りになりすぎるから。帝国の女皇というプレッシャーを常に背負いながら頑張る姉上の力になりたいと思っているのに……私に、もっと力があったならば」

「………」

「……すみません。ハクヤ殿にこんなことを愚痴ってしまって」

「いえ、気持ちはわかります」

ハクヤもジャンヌも国のトップを支える立場だ。

ソーマは能力がある者を信任して仕事に取り組ませることが異様に上手《うま》い。

人材狂いと言われるほどに人材を集めたことで、様々な方面に手を出してもなんとか政策を進められている。

難点としてはなかなか国王としての業績が外に出にくく国民たちの目には地味に映ることだが、国家を上手く運営できているなら国民たちから不満が出ることはない。

しかし……もし仮にだ。

ソーマがマリアのような能力とカリスマを持ち合わせていたらどうだろう？

自分ですべてできてしまうならば、できる人材を集めることなどせず、政策を先に進めてしまうのではないだろうか。そのほうが手っ取り早いからと。

そうして自分で解決してしまうことでさらなる人望を集めて、さらなる期待を集めてしまう。その期待に応えれば応えるほど、さらなる期待が注がれて……。

（そうか……ジャンヌ殿は……）

そんな姉の姿を傍《そば》で見ているのは歯がゆいだろう。『もっと自分を頼ってほしい』という言葉さえ気軽に言わせてはもらえないほど、マリアには天賦の才があった。

「女皇としての政務の傍らで、歌姫《ローレライ》として活動する姉上を見て思ったんです。本当に姉上がやりたかったことはこういうことだったんじゃないかって」

ジャンヌは切なそうに言った。

「帝国を盟主にした人類側国家の連合軍による魔王領侵攻作戦の失敗、そして先代皇帝である父の崩御……帝国の人々が暗く沈んでいた時期に姉上は女皇として即位しました。姉上は言っていたんです。『帝国の人々を笑顔にしたい』って。その一心で姉上は帝国を再度まとめ上げ、『人類宣言』という希望の旗頭になったんです」

「……立派なことだと思います」

「姉上は皆を笑顔にしたかっただけなんです！……もしかしたら女皇になどならなくてもよかったのかもしれません。歌って踊る姉上はとても活《い》き活きしていますし、見ている国民たちも楽しんでいるようです。本当ならばそういう活動だけをさせてあげたいのですが……そういうわけにもいきませんからね」

悲しげに言うジャンヌに、ハクヤは掛ける言葉が見つからなかった。

他国の人間であるハクヤにはどうすることもできないし、ましてや王国で重職に就いている身としては迂闊なことも言えなかった。できることと言えばただ黙ってジャンヌの弱音を聞いてあげることだけだった。

するとジャンヌが不意にパンッと自分の両頬を叩《たた》いた。

「ジャンヌ殿!?」

「ダメですね、暗い話ばかりして」

そして驚くハクヤにジャンヌは笑いかけた。

「こうしてハクヤ殿とお話しする機会に恵まれたというのに。時間が勿体《もったい》ないです」

「……構いません。私には話を聞くことしかできませんが」

「私が構うんです！　今宵《こよい》は飲み明かしましょう」

「あっ、私はあまりお酒は強くないので……」

「あー、そうでしたね」

するとジャンヌはニンマリと笑った。

「大丈夫。酔い潰れたら私が介抱してあげます」

「他国の要人の前でそのような醜態をさらすわけには……」

「いいじゃないですか。たまには一緒に心のたがを外しましょう」

「いえ、ですから……」

「さあさあ、そうと決まれば会場からお酒と料理をいただいてきましょう」

ジャンヌはハクヤの手を取ると、引き摺《ず》るようにしてズンズンと歩き出した。

ハクヤは珍しく困惑した顔をしていたが、

（……まあ、さっきまでの沈み顔よりはいいでしょう）

楽しげなジャンヌの横顔を見て、今日は夜通し付き合うことを覚悟するのだった。

◇◇◇

しばらくして困惑顔のハクヤと笑顔のジャンヌが部屋に入ってきた。ハクヤってばジャンヌに袖口を摑《つか》まれて引っ張られている。どうやら機嫌は直ったみたいだ。

「妹の機嫌も直ったようですね」

マリアも二人に気付いて柔らかな笑みを浮かべていた。

「妹と言えば、トリルは元気にしているのでしょうか？」

「ええ。元気すぎるくらいにジーニャのところで穿孔機《ドリル》開発に勤《いそ》しんでいます。本当は連れてこようと思ったのですが、本人が頑として拒否したもので……」

せっかく姉妹が揃《そろ》う機会なのだからトリルも同行するよう言ったのだけど、

『絶対に嫌ですわ！　いまお姉様たちに会ったらジーニャお姉様の新婚生活を邪魔したことについて、長時間のお説教コースは確実ですもの！　とくにジャンヌお姉様は厳しいですから、帝国に連れ戻されかねません！　同行は断固として拒否しますわ！』

……と強く拒否されたので断念した。

他国の人間。しかも西の大国のトップの妹ということもあって、こちらもあまり強く言えないんだよな。マリアやジャンヌには厳しくしてもらって構わないとお墨付きはもらっているんだけど、機嫌を損ねて穿孔機開発に遅れが出てしまうのも困る。

だから度が過ぎない限りは彼女の好きにさせるようにしていた。

度が過ぎるなら姉たちのほうから叱ってもらうけどね。

事情を説明するとマリアはクスリと笑った。

「あの子らしいですね。どこまでも自由で、少し羨ましいです」

「自由といえば……この空間も中々に自由《フリーダム》ですけどね」

周囲を見回せば王国と帝国の人員が入り乱れて、なかなかにカオスな空間ができあがっていた。ナデンはクレーエ相手に俺との出会いを熱弁していた。

顔が少し赤いし目がトロンとしている。どうやら酔っ払っているようだ。

「だからね。ソーマはそのとき私に言ってくれたのよ。『私には独自性がある』って。あのときは……嬉《うれ》しかったなぁ」

「ほうほうなるほどなるほどそれは素晴らしい出会いですねささもう一献」

「……ヒック」

どうもクレーエに上手いこと乗せられて、ベラベラと喋《しゃべ》ってしまっているようだ。

まあ出会いに関してだけなら知られても問題はない。

一応近くに護衛兵もいるし機密事項を喋りそうになったら止めるだろう。でも、ナデン……酔いが覚めて記憶が残っていたら羞恥に悶《もだ》えるやつじゃないだろうか。

一方、またべつのところではミオがやけ酒をあおっていた。

「う〜……私はなんでこんな場所にいるんでしょう……」

「ミ、ミオ殿？　少し飲み過ぎではなかろうか？」

旧知であるオーエンが心配そうに声を掛けているが、ミオは、

「これが飲まずにいられれますか！」

と手酌で酒を注ぎ続けていた。

「エルフリーデン王国とアミドニア公国が合併したということでさえ驚いたのに、グラン・ケイオス帝国とも友好的な関係になっているとか……私が王国から離れている間になにが起きたというんでしょうか。まるで何十年ぶりに帰郷した旅人が、故郷の様変わりっ

ぷりに驚くような心境ですよ……ヒック」

「いろいろあったのです。ああもう、そんなに飲まれて。二日酔いになったら明日のゴンドラ移動が辛《つら》くなりますぞ？」

オーエンが窘《たしな》めているがミオは聞く耳を持っていないようだ。

う～ん……こんなことならコルベールかミオの母君も一緒に連れてくるべきだったかなぁ……でもミオの母君ってこういうことで動じるタイプではなさそうだし。

コルベールたちと別れる前、少しだけミオの母君と話す機会があった。

ゲオルグのことについてどう思っているか尋ねたところ、

『あの愚直な人が選んだ道ですもの。余人にどう思われようとも、きっと最善だったのでしょう。ならばあの人の妻として信じ、受け入れるだけです』

……と、穏やかに微笑《ほほえ》んでいた。強い女性だ。

だからまぁミオのやけ酒ぐらいでは動じない気がする。

そして視線を近くに移すと、俺とマリアの護衛役であるアイーシャとギュンターが睨《にら》み合っていた。

「………」

「………」（モグモグ）

ギュンターが直立不動でギンッとアイーシャを睨み、アイーシャはその視線を真っ向から受け止めているのだけど、手には沢山の料理が盛られた皿を持っていて、ギュンターを睨み返しながらモグモグと食べていた。

……本当になんなんだろう、この絵面。

「あの……ギュンター殿はどうしてアイーシャを睨んでいるんですか？」

「ああ、すみません。ギュンターはあの強面《こわもて》が普通なんです。大方、同じ護衛役であるアイーシャ殿になにか声を掛けようとしたけど、掛ける言葉が見つからず、そうしているうちにアイーシャ殿と目が合ってしまったので目を逸《そ》らすこともできなくなってしまった……という感じでしょうか？」

「あの見た目でシャイなんですか!?」

初めて会ったときこっちに良い印象を持っていないのかと思ったけど、実は緊張して硬くなっていただけなのだろうか。そう思うとあの厳《いか》ついオッサン顔もなんだか可愛《かわい》らしく思えてきた。するとマリアがクスクスと笑い出した。

「みんな楽しそうですね」

「……そうですね」

「ところでソーマ殿？　少し二人だけでお話がしたいのですが」

急にマリアが悪戯《いたずら》っぽく言い出したので俺は焦った。

「二人だけって……それは拙《まず》いでしょう。私も貴女《あなた》も国のトップなのですから」

「少し二人だけで話したいだけです。そこのテラスならばアイーシャ殿とギュンターの目の届く範囲ですし、問題ないかと思いますが？」

「……それなら」

俺たちはアイーシャとギュンターに二人だけで話したいから少し離れて警備してほしいと伝え、テラスへと出た。こういうところに出ると狙撃されそうで怖いけど、この屋敷の周囲にも黒猫部隊などの警備を配しているので大丈夫だろう。

するとマリアが少し肩をふるわせた。

「外に出ると少し寒いですね」

「まあ秋ですし、山の上ですからね」

たしかに肌寒いけど、マリアは何枚着ているのか見た目からはわからないドレス姿だし、俺もそれなりに着込んでいるので我慢できないこともなかった。

そのまま話すことにする。先に口を開いたのはマリアだった。

「さて、先程の九頭龍《くずりゅう》諸島連合への艦隊派遣についてですけど……」

「……現時点であれ以上のことは教えられませんよ？」

「そこについては聞きませんよ。私が言いたいのはこれが王国への『貸し一つ』という部分です。いつか返してくれるという話でしたよね？」

マリアが悪戯っ子のように笑って言った。あれ、これって……。

「その……あまり無茶な方法で返せと言われても困るんですけど」

「ふふっ、先程の件は紙にも残らない口約束での貸しです。それが貸しになっているのはソーマ殿たちが私たちが口約束を守ると信じてくれているから。ならば、そちらにも口約束で返してもらいたいです」

「口約束で返す？」

「ええ。もしもこの先……」

そしてマリアが語ったのは声の平静さとは裏腹に、耳を疑うような内容だった。

俺は目を大きく見開いてマリアを見た。

「っ!?」

マリアはただ……笑っていた。

これはきっとジャンヌさえも知らないであろうマリアの本心だったのだろう。

彼女の話を聞き終えても、俺はしばらくなにも言うことができなかった。

長く感じる沈黙の果てにようやく絞り出した言葉は……。

「縁起でもないことを……」

これだけだった。マリアはクスリと笑った。

「備えは大事ですからね。それでどうでしょう？　これもまた紙にも残らない口約束ですが、お願いしてもよろしいでしょうか？」

「……………」

これは……簡単に頷《うなず》いていい問題じゃない。

マリアの語ったことが本当になるならば、ハクヤたち重臣を集めて何日も掛けて協議しなければならない内容だ。だけどそれはあくまでも本当になるならばだ。

いまはまだ未来の可能性の一つに過ぎない。いまの段階でこんなことを協議しようなどと言い出したら、杞憂《きゆう》に過ぎないと一笑に付されるだろう。

俺自身、そんなことになるなどとはどうしても信じられないし。

（ああ……だから口約束なのか）

口約束だから守ってくれたら嬉しいが、守らなくても咎《とが》められない。

俺がマリアにお願いしたときと同じ構図だ。

それでも約束したなら守ってくれるであろうと俺はマリアを信じている。

マリアもまた俺を信じてこんなことを言い出したのだろう。もしものときのために。

「……わかりました」

俺は真っ直《す》ぐにマリアの目を見ながら頷いた。

「もしそのような事態になったら、王国は貴女の望みどおりに動きましょう」

俺がそう告げると、マリアはこの日一番の笑みを浮かべた。

そして夜の月明かりの下でスカートの裾を軽く持ち上げながら、一礼するマリアの姿は見惚《みと》れるくらいに美しかった。そしてマリアは優しい声で言った。

「アナタを信じています。ソーマ殿」

◇◇◇

翌日、俺たちはそれぞれの国へと帰ることとなった。朝にはゼム王ギムバールもやってきたので、俺とマリアとギムバールの三人で別れの挨拶を交わしていた。

「ギムバール殿。このような場を提供していただき帝国の女皇として感謝いたします」

「王国からも感謝を。おかげで有意義な会談となりました」

俺とマリアが揃って感謝を述べると、ギムバールはいやいやと首を振った。

「王国と帝国の仲が良好であれば、間に挟まれている我が国が戦渦に巻き込まれることもありませんから。まあ仲良く攻め込んでくるようなことがなければ、ですが」

ギムバールは冗談めかした感じで言ったけど、これが本心なのだろう。

両国が険悪でこの国が主戦場となるようなことは避けたいが、逆に仲良く攻め込まれても困る。だからこそ会談場所を提供して二国に恩を売りつつ、関係がどの程度良好かを探っているのだろう。

武勇第一の国の王でありながら武勇一辺倒ではない、本当に食えない御仁だ。

俺もマリアも貼り付けたような笑顔で応じた。

「さきにも申しましたとおり真に中立を守ってくださるなら、王国は貴国とことを構えようとは思いません」

「ふふっ、帝国も自らが発起した『人類宣言』を破るようなことはしませんわ」

俺たちの返答を聞き、ギムバールも貼り付けたような笑顔で応じた。

「ははは、それを聞いて安心しましたぞ。今後も会談場所として使いたいのであれば、言っていただければいつでもこの場所をお貸しいたします」

「それはありがとうございます」

「感謝いたしますわ。ギムバール殿」

俺たちはそれぞれの家臣たちが見守る中で、手と手を重ねた。

演出された信頼関係ではあるけど、そう見せることもまた大事なことだ。

こうして俺たちはそれぞれの国へと帰っていった。

第九章　忠臣の墓前にて

ゼムからの帰路。俺は龍状態のナデンの背中に乗ったり、ゴンドラの中でみんなと談笑したりしながら俺たちは王国へと帰ってきた。

今回は弾丸外遊だったので城を出てから一週間程度しか経《た》っていないのだけど、眼下に広がるパルナムの街並みとパルナム城を見れば『帰ってきた』という気分になる。

ナデンには王城まで飛んでもらい、いつもどおりゴンドラを中庭に下ろしてもらった。

衛士《えじ》たちが敬礼で出迎える中、ゴンドラから降りたみんなが長時間の移動で固まった身体《からだ》をストレッチして伸ばしていると、シアンとカズハを抱えたリーシアとジュナさんが城の中から現れた。後ろにはロロアもいる。

リーシアはカズハ（この距離だと顔が見えないのでムチャピンのベビー服で判別）をロロアに預けると、こっちに向かって駆け寄ってきた。

（ああ……出迎えてくれる奥さんがいるっていいなぁ……）

そんなことを思いながら駆け寄ってきたリーシアを抱き留めるべく身構えていると、リーシアは俺の横を素通りしてミオに抱きついた。

「ひ、姫様……ですか？」

「……もう妃《きさき》になったわ」

目を白黒させているミオにリーシアは優しい声で言った。

「それと、ごめんなさい。私たち王家のために、貴女たち家族に大変な苦労を掛けてしまって」

「……いえ、その言葉だけでなんだか報われた気がします」

ミオもリーシアを抱き返した。

ゲオルグの薫陶を受けた二人が出会い、目に涙をにじませながら抱き合っている。リーシアのこういう人に気遣いができるところは好きだし、感動的な光景だと思うのだけど、自分よりミオを優先されて少々淋《さび》しく思ってしまった。

……我ながら器が小さくて嫌になる。

「なにしょげた顔しとんねん。うちらがいるやろ？」

「ほら、シアンさん、カズハさん、お父さんですよ～」

するとロロアとジュナさんがシアンとカズハの小《ち》っちゃな手を取って、俺の頭をペタペタと触らせた。慰めるように「だう～」という子供たち。お、お前たち……。

「ただいま嫁さんたちに子供たち！」

感動のあまりロロアとジュナさんをシアンとカズハごと抱きしめた。

「一週間程度離れとっただけなのに大袈裟《おおげさ》やなぁ。ダーリンは」

「うふふ、お帰りなさいませ。旦那様」

そんな俺のオーバーすぎるリアクションに、ロロアもジュナさんも苦笑していた。

そうして一週間ぶりの家族との時間を楽しんでいると、いつの間にか後ろに立っていたハクヤがコホンと咳払《せきばら》いをした。

「陛下、団欒《だんらん》中のところ申し訳ありません。ミオ殿の件について早急に取りかかりましょう。あまり時間を掛けるとあとあとの計画に支障が出てしまう恐れが」

「……わかった」

ゼムで約束してしまったことだし、早速ゲオルグの名誉回復に取り組むとしよう。公言した約束は違《たが》えない。ゲオルグの名誉は確実に回復されるだろう。ただし、

(その結果がミオやゲオルグ本人の望むものであるかどうかはまた別問題だけどな)

◇◇◇

――一月後の晩秋。

この日のクリス・タキオンのニュース番組内で王城から一つの発表がなされた。

『元陸軍大将のゲオルグ・カーマインの反乱に対する再調査結果の公表』

ニュースによると、再調査の切っ掛けはゲオルグの娘ミオがゼムで開催された武術大会で優勝し、その大会を観覧に来ていたソーマ王と直接話す機会を得たことだった。

彼女がその場でゲオルグの反乱に関する再調査をソーマ王に嘆願したのだ。

国王への直接の嘆願など不敬を問われてもおかしくない行為ではあったが、ソーマ王はゼムの並み居る強豪を打ち破ってまで自分の願いを貫こうとするミオの必死の思いを酌み、また彼女が『ゲオルグが書き残したとされる反乱中の日記』という未発見の検証資料を所持していたことから再調査することを決定したそうだ。

そしてこの一月の間、実際に再調査が行われたらしい。

ゲオルグ・カーマインの反乱について、フリードニア王国の（とくにエルフリーデン王国側の）民の認識は実際のところ『よくわからない』が正解だった。

当事者であったゲオルグがなにも語らないまま獄中にて自決し、反乱に加担した彼の側近たちも殉死したため、その詳しい経緯を知る術《すべ》がなかったからだ。

当時の王城の発表も『ゲオルグが反乱を起こしたのでこれを鎮圧した』と淡々としたものだった。だから国民たちの反乱に対する認識は多分に推量が混じっていた。

国民たちがイメージしていた反乱の経緯を簡単にまとめると以下の通りになる。

〈ゲオルグは先代アルベルト王からソーマ王への急な王位の譲渡に不信感を持った〉

〈その不信感のためか領地に籠もって、リーシア姫の説得を受けてもソーマ王との対話に応じようとしなかった〉

〈それどころかソーマ王に不正を指摘された貴族たちを領内に匿《かくま》った〉

〈そんな貴族たちに担ぎ上げられたのか、逆に利用しようとしたのかは不明だが、陸軍を

率いて反乱を起こした〉

〈もしかしたら歳《とし》をとったことで王になる野心が芽生えたのかもしれない〉

これが国民たちが想像した反乱のシナリオだった。

ソーマへの不信感から出仕を拒んだが、不正貴族たちが多く集まったことでいまなら自らが王になれると思ったのではないか……というシナリオだ。

だから当世でのゲオルグの評価は『忠義に厚い武将だったが老いて増長した反逆者』というものだった。

しかし、ここに来てミオがゲオルグが書いたとされる日記を持って現れたのだ。

『このことは本来秘すべきことではあるが、家族であるお前たち（※彼の妻と娘のことか）には真実を知ってもらいたいという未練から筆を執ることにした』

そんな序文から始まる日記にはこれまで語られてきた反乱の経緯とはまるで違ったゲオルグの姿が描かれていたのだ。

彼女が所有していたゲオルグの日記の内容を要約すると以下の通りである。

〈ゲオルグはエルフリーデン王家に変わらぬ忠誠を抱いていた〉

〈リーシア姫のことは主家の姫であると同時に実の娘のように思っていた〉

〈そんなアルベルト王とリーシア姫が選んだ青年であるソーマは、きちんと王の器である

ことを理解していた〉

〈しかし、当時の王国貴族には不正を働いて私腹を肥やす者や、当時のアミドニア公王ガイウスに内通する者もいて、それらの者は不正を追及し王国を発展させようとするソーマの存在を疎んじていた〉

〈これら貴族の反乱とアミドニア公国の侵攻の気配を感じ取ったゲオルグは、自らが不正貴族を束ねて反乱を起こし、ソーマ王に敗れることで自分共々不正貴族たちを根絶できるように計画を立てた〉

〈同時にゲオルグは不正貴族たちとアミドニア公国との連携を遮断した〉

〈あの戦争の折、もしアミドニア公国が旧カーマイン公領側から侵攻し、不正貴族たちと合流するような事態になっていたら戦争はもっと長期化していたかもしれない〉

〈ゲオルグはそれを警戒してアミドニア公国と連携させないように動いた〉

〈結果としてアミドニア公国軍はゲオルグとソーマ王がつぶし合うのを期待して、南部から侵攻し、不正貴族が抱える軍との連携が取れなかった〉

〈そして開戦したゲオルグはカーマイン公領主都ランデルの城壁に設置されている対空連《れん》弩《ど》砲《ほう》が破壊された時点で降伏し、自分共々不正貴族を捕らえさせることに成功した〉

〈結果としては満足していたが、ただ一点。自分との友誼《ゆうぎ》に殉じる覚悟で反乱に加わってしまったバルガス家の人々のことは気に病んでいたようだ〉

〈日記はゲオルグが降伏し捕縛された日で終わっている〉

これがミオが所持していたゲオルグの日記の内容だった。

日記の最後には『これらのことはリーシア姫を悲しませないためにも秘さねばならない。読み終えたら燃やしてほしい』と書かれていた。

しかし父の悲愴《ひそう》な覚悟を知ったミオは日記を燃やすことができなかったそうだ。

そしてゲオルグの遺志には反するだろうが、命を賭けてまで父の名誉を回復するべくゼムの武術大会で優勝を果たしたのだという。

ソーマはその日記を読み、即座にゲオルグの真意について再調査を行った。

すると当時、陸軍として反乱に加わった者、禁軍として陸軍と対峙《たいじ》した者の体験談と日記の内容とがちゃんと符合することが明らかになった。

陸軍側にいた兵士たちは当時を振り返り語った。

『カーマイン公は禁軍よりも勝る兵数の陸軍を保持していながら、禁軍が籠もる砦《とりで》を包囲するだけで積極的に攻撃しようとはしなかった。苛烈な攻めでしられたカーマイン公のあまりにも消極的な戦ぶりに兵士たちの戦意も湧かなかった』

『戦意があったのは不正貴族たちが率いる軍くらいのものだ』

一方の禁軍側にいた兵士たちも語る。

『あの籠城戦で積極的に攻撃を仕掛けてきたのは不正貴族の軍勢だけだった』

『大砲を持ち出して攻撃してきたのも彼らの軍勢だけであり、他の陸軍部隊は遠巻きに攻撃する程度しかしてこなかった。陛下が空軍を率いてお出《い》でになった途端にゲオルグは降参したので、拍子抜けだと感じたのを憶《おぼ》えている』

積極的に禁軍に攻撃を仕掛けてきたのは不正貴族が率いる軍勢だけで、陸軍は積極的には動かなかった。敵として戦った禁軍と陸軍の兵士だが、この認識は一致していた。

そしてこのことは日記内に記されていた、

『(ソーマ)陛下が空軍を率いて来られたとき即座に降伏し、不正貴族たちを一網打尽にするため、彼らの戦力をなるべく削っておきたい。また禁軍側とこの反乱劇に付き合わせてしまう陸軍側の将兵の被害を抑えるために積極的な攻勢には出ず、不正貴族たちを納得させるための散発的な攻撃をするに留《とど》める』

……という記述とも一致していた。

こういった日記に書かれている内容と実際にあの戦争を体験した者たちとの意見を照合していった結果、この日記で述べられていることは信憑《しんぴょう》性が高いと判断された。

中にはカーマイン家再興を望むミオがでっち上げた偽の日記なのではないかと疑う声もあったが、日記の筆跡と、王家に保管されていたゲオルグからの書簡の筆跡を比べて鑑定した結果『ゲオルグの筆跡で間違いない』との結論が出た。

これは後年の歴史研究家も『日記が世に出るタイミングが都合が良すぎではないか』とやはり偽物であることを疑い、改めて筆跡鑑定をしたのだが、その調査結果でも『ゲオルグの筆跡と一致』という鑑定結果が出た。

このことにより、ゲオルグ直筆の日記で間違いないとされている。

この日記は『忠臣日記』と呼ばれ、パルナムの博物館に収められることになる。

……話を戻そう。

日記の信憑性が高いと判明し、世間に公表されたことで、ゲオルグの評価は『増長した反逆者』から『敵も味方も欺いてみせた報国の士』というものに大きく変化した。

ただし彼が反乱を起こしたことは事実であり、そのために犠牲となった禁軍・陸軍関係者の縁者もほとんどが存命しているということもあって、ゲオルグの名声が完全に回復するにはまだしばらくの時間を要することになるだろう。

◇◇◇

そして王国中がゲオルグの再調査結果に沸いていたそんなある日のこと。

国民たちに向けて、ソーマ王とリーシア妃がシアン王子とカズハ王女を抱えながら、ゲオルグの墓前に立つ姿が放送された。

場所はカーマイン公領の主都ランデルを見下ろす丘。

新たにランデルの統治を任されていたグレイヴ・マグナが『反逆したとはいえ旧主の亡《な》骸《がら》をうち捨てるには忍びない』と思い、ソーマの許可を得て彼の遺体をここに埋葬したという経緯が放送にて説明された。

ソーマ王とリーシア妃の背後には主要な配下も並んでおり、その中にはミオ・カーマインの姿もあった。そんなミオの隣には黒い鎧《よろい》を着けた大男が立っていて目を引いたが、位置取りが悪いのか顔の部分は見切れていた。

するとリーシア妃は近くにいた半竜人《ドラゴニュート》の侍従《メイド》に我が子を預け、代わりに花束を受け取るとゲオルグの墓碑に供えた。そして下がったリーシア妃に今度はソーマ王が抱いていた我が子を預け、墓碑の前に歩み出た。

『私たちの子供たちが見えるだろうか、カーマイン公』

ソーマその場で膝を突き、墓碑に手を当てて頭を下げながら言った。

『この子たちが、貴公が身命を賭して守ってくれた「未来」だ。貴公の真意を見抜けなかった未熟者ではあるが、どうか泉下より貴公の愛したこの国を見守り続けてほしい』

そう言いながらソーマ王は俯《うつむ》き、肩をふるわせていた。

その表情は見えなかったが泣いているのだろうか。

ある者はその姿を見て『まるで笑いを堪《こら》えているようにも見えた』と言う。

だとすればそれはきっと自嘲の笑みだろう。忠臣の真意を見抜けなかった自分の不甲斐《ふがい》なさに泣き笑いしたいのを堪えていたのかもしれない。

なおソーマ王がゲオルグの真意を見抜けなかったことに関して、国民たちから批難するような声は上がらなかった。まだソーマが王位を譲られて間もないことでもあったし、当時はまだ二十歳《はたち》になる前の若者だったのだ。

老練なゲオルグの欺《だま》し抜いた手腕こそ褒めるべきで、見抜けなかったソーマの失態と捉える動きは皆無だった。

それはソーマ王の行動を後ろで見ていたミオの表情からもわかるだろう。

父親に対して国王にここまで敬意を表されて恐縮したのか、この放送中は針の筵《むしろ》にでも座っているような『もの凄《すご》く居たたまれない顔』をしていた。

隣に立っていた黒鎧の大男のマントをギュッと摑《つか》んでいる。よく見れば隣の黒鎧もなにやら震えているようにも見えたが、これは気のせいだったかもしれない。

そしてソーマ王は立ち上がるとミオの前に立って言った。

『ゲオルグ・カーマインの名誉はここに回復された。娘であるそなたがカーマイン家の名跡を継ぎ、カーマイン家を再興せよ』

『は、はい！』

ミオはその場に膝を突き、手を前に組んで拝礼した。ソーマ王は頷《うなず》いた。

『ただし理由があったこととはいえ反逆した事実は覆せない。よって旧領すべてを返還するわけにはいかないが、そなたらの故郷であるランデルとその周囲の領地を与えよう。このことは現在ランデルを領有しているグレイヴ・マグナも快諾してくれた』

『あ、ありがたき幸せ、です！』

再度頭を下げたミオの肩に、ソーマ王はポンと手を置きながら言った。

『ミオ・カーマイン。父と変わらぬ忠義でこの国のために尽くしてほしい』

『御意！』

カーマイン家の再興。そのニュースに王国中が沸き立った。

◇◇◇

放送が切れたことを確認してから、俺は神妙な顔をやめて肩の力を抜いた。

「これで万事片が付いたかな」

「お疲れ様、ソーマ。なかなか真に迫っていたと思う」

リーシアがそう労《ねぎら》ってくれた。すると、

「あの、私の願いのために、いろいろとすみませんでした！」

ミオがさっきまでよりもさらに深く、地面におでこが付くんじゃないかというくらいに頭を下げた。俺はそんなミオの肩をポンポンと叩《たた》いた。

「ゲオルグの名誉の回復はいずれやろうと思っていたことだし、気にしなくていい。それに真実についてはかなり都合の良いように脚色させてもらったしな」

ゲオルグがグレイヴを通して計画を事前に俺たちに伝えていたこと、ゲオルグが不正貴族に隠し資金を使わせ且つ回収するためにゼムの傭兵《ようへい》を利用したことなどは、知られればこの国にとっての不利益になるために秘した。

もちろんミオにはあの反乱劇のちゃんとした顚末《てんまつ》を教えてあるが、彼女がそのことを公言することはないだろう。再調査結果の公表もミオさえ納得させられるならどうとでもなる、というのはこれが理由だった。

「陛下。姫様を」

「ああ、ありがとうカルラ」

俺はカルラからカズハを受け取った。

「そうだ。ゲオルグの名誉が回復されたことで、バルガス家への同情的な意見も増えてきている。いまならカルラも情状酌量で奴隷身分から解放できるけど？」

そう尋ねるとカルラは苦笑しながら首を横に振った。

「まだいいですよ。陛下が道を外さぬように見張るという役目もありますし、それに、最近は侍従仕事《メイド》にも慣れてきましたから。シアン王子とカズハ姫のことも心配ですし、解放するのはシアン王子が王位を継いでからで構いません」

そう言ってカルラは笑った。……本人が良いならそれでいいか。

俺はミオの隣に立っていたカゲトラに顔を向けた。

「どうだろう？　いまは亡きカーマイン公はこの結果に満足してくれるだろうか？」

「………」

カゲトラはなにも答えないまま呆然《ぼうぜん》と中空を見つめていた。

章末話　穏やかな王国と不穏な島

――大陸暦一五四八年十二月某日夜明け前

ゴンッ

「イテッ……なんだ？」

ついさっきまでベッドの中で夢を見ていたはずの俺は、頭になにかが当たった衝撃で強制的に起こされた。

窓から見える空の色は白み始めてはいるもののまだまだ暗い。

多分、午前五時前ってところだろう……と、そこでなにやら身体《からだ》が重いことに気が付いた。寝返りも打てないくらいに押さえつけられている感じがする。

首だけ動かして自分の胸もとを見てみると、その理由はすぐにわかった。

「……って、またか……」

「Zzz……」

俺の身体の上で素っ裸のナデンが眠っていた。

かく言う俺も服は一切身につけていなかった。昨晩はナデンと一緒に過ごす番だったので、その……散々愛し合ったあとはそのまま寝てしまったのだ。

俺は自分の身体と毛布に挟まれるような位置で寝息を立てているナデンの背中に手をやった。きめ細やかな肌は少しヒンヤリしている。

龍としての特性なのかはわからないけど、ナデンの体温は基本的に低めだ。

変温動物ほどではないけど、夏場に抱いて眠ると気持ちいいくらいナデンの身体はヒンヤリしている。ちなみにナデンからすれば夏場に俺の体温に触れると暑苦しく感じるらしく、いつまでも抱きしめていると文句を言われる。

逆に冬場はナデンのほうから俺に密着してくる。

自分の体温が低いために一人だと毛布がなかなか温まらないようだ。

普段は俺が作らせた湯たんぽなどで対策しているのだけど、俺と一緒に眠るときにはピッタリと肌と肌とを密着させてくる。

夏場には暑苦しく感じる俺の体温も、冬場には心地好いらしい。

そしてあまりにも身体を密着させようとして、こうして俺の身体の上によじ登っているということがよくあった。

小柄なナデンだからこそ俺の身体にすっぽりと収まっているのだろう。逆に今度は俺が少し寒いのだけど、イチャイチャしてれば毛布も温まってくるので問題はなかった。

まあ問題があるとすればこういう体勢になったとき、ナデンが俺の胸に頬を擦りつけたときにナデンの角が顔に当たるくらいか。

一応、ナデンは俺が縫ってあげたホーンカバー（ナデンの角にかぶせるミトンの手袋みたいなカバー）を着けてはいるのだけど、ぶつかればそれなりに衝撃が来る。

「んん……」

そんなことを考えていると、身体の上のナデンが顔を上げて目をゴシゴシと擦《こす》った。

そして俺と目が合うと小首を傾《かし》げた。

「……ソーマ、起きてるの？　もう朝？」

「まだ夜明け前だよ」

「そう……じゃあまだ寝てましょうよ。ふぁ～……」

「賛成だけど、俺の上からどいてはくれないのか？」

「ヤダ」

一刀両断か。仕方ない。

このままナデンを抱えたまま俺ももう一眠りしよう。こういう体勢で寝てると最初のころはライノサウルスに踏み潰される夢とか見たけど、いまはもう……だいぶ慣れてきた……こういう穏やか……日々が続けば……いい……Ｚｚｚ……。

◇◇◇

ゲオルグ・カーマインの名誉が回復されて凡《およ》そ一月ほど経《た》ったこの日。

俺は政務室でハクヤからその後の影響についての調査報告を受けていた。

もっともその報告とは、影響はあまりなかったという内容だったが。

「反逆者だと思われていたカーマイン公が、実は我が身と共に悪臣を滅ぼした忠臣だったのではという情報が流れ、国民たちも少し混乱したところもあったようですが、いまは騒ぎもすっかり収まっています。カーマイン公の行いを美談として過剰なまでに持ち上げたこと、またご息女であるミオ殿が陛下に改めて臣下の礼を取ったことで、カーマイン公はこの結果はむしろ本望であったろうという意見が大勢を占めています」

「まあ娘であるミオが俺を責めないのに外野がとやかく言うのも変だしな」

ミオはカーマイン家を再興し、改めてこの国に仕えることになった。

他国がミオを嗾《けしか》けて争乱を起こそうとしても、当のミオにその気などまったくないのだから火種にもならないだろう。ハクヤは続けた。

「またカーマイン公に殉ずる覚悟でこの反乱劇に加担し、戦後は殉死したベオウルフ殿など陸軍関係者たちの名誉も回復されております。もっとも、この反乱に際してグレイヴ殿など家族のある者は自発的に、或《あるい》いは強制的に陸軍から放されていたので、殉死した者たちに家族はほぼいなかったようですが」

「そうなるように手を打ったってことなのだろう。まあ家は再興されなくても名誉だけでも回復してくれれば本人たちも満足だろう」

「ええ。きっとイヌガ……っと、失礼しました。まったく関係の無い人物の名前を出すところでした」

ハクヤがわざとらしく咳払《せきばら》いをしたので、俺は苦笑した。

「そうだな。まったくこれっぽっちも関係のない人物の名前は出しちゃダメだな」

「以後気を付けます。あっ、ミオ殿と言えば一つだけ問題があるようです」

「ミオに？　なんだ？」

「どうやら領地経営に難儀しているようです」

「ああ……」

ゲオルグの名誉が回復されたことで、ミオはランデルと周辺領地を有する中流騎士として復活した。騎士はすべて国防軍の所属となるので、ミオは国防陸軍で働くことになるのだが、その間の領地経営は代官に任せることになる。

しかし王国の人手は常に不足気味であり、優れた代官はそう簡単には見つからなかったようだ。

幸い国防陸軍の基地はランデルの近くにあるので、ミオは領地から離れずに済み、しばらくは自分で政務を行っていたようだけど、根っからの武人であるミオにいきなりの政務は難しすぎたみたいで、すぐに知恵熱が出たそうだ。

一応、かつてカーマイン家に仕えていた者たちがミオのもとに戻ってきたり、カーマイン家のランデル復帰に伴い領地を調整して隣人となっているマグナ家当主のグレイヴが後見人になってはいるが、根本的な問題は解決してない。

ハクヤは肩をすくめながら言った。

「ミオ殿から政務に明るい、とくに数字に強い人物を紹介してほしいとの懇願する書状が届いております。『できれば数字に強い人物に婿に来てもらって、自分の代わりにカーマイン家をとり仕切ってほしいです！』と」

「ある意味潔いな」

「相当数字を見るのが辛《つら》かったのでしょう」

「しかし婿ねぇ……」

俺は政務机の上に頬杖《ほおづえ》を突いた。

「復活したカーマイン家と縁を結びたがる騎士や貴族は多いし、募集をかければ婿候補は山ほど現れるだろうけど、家が家だけにあまり変な者と婚約してほしくないな。ある意味ポンチョのとき以上に」

「またセリィナ殿にお見合い相手の吟味をしてもらいましょうか？」

「セリィナも今回は同性だし、もうポンチョの妻になったのだからお見合いの妨害はしないだろうけど……問題の根本的な解決にはならないだろう。問題の核心は人材不足なわけだし」

政務に明るく、数字に強くて、その気になればカーマイン家に婿養子になっても大丈夫な独身の人物か。ハクヤはまだ結婚する気がないって言ってるし、他に該当する人物といとなかなか……って、あれ？

「バッチリ該当するのがいない？」

「……いますね。うってつけの人物が」

　ハクヤも思い当たったのかコクリと頷《うなず》いた。

「この手紙の文言も、よく読めば特定の人物を指名しているようですし」

「だよなぁ。王城は結婚相談所じゃないんだけど……」

　ともかく俺たちはすぐにその人物を呼び出した。

　数分後、政務室の扉がノックされ、入ってきたのは短髪の好青年だった。

「陛下、なにか私に御用でしょうか？」

「やあご苦労様。コルベール」

　入ってきた青年は我が国の財務大臣ギャツビー・コルベールだった。

「早速だけどコルベール。しばらくの間、カーマイン家の政務を助けてやってくれないだろうか。王都とランデルを行ったり来たりになるけど」

「カーマイン家というと……ミオ殿の家ですね。再興したばかりの」

「ああ。新頭首のミオは武人気質の人物で財務処理などに苦戦しているそうだ。コルベールはミオとも旧知だし、しばらく手助けしてあげてくれないだろうか？」

「はっ！　主命とあれば従います」

　コルベールは手を前に組んで頭を下げた。

「ただ、私の留守中はくれぐれもロロア様のことを……」

「わかってる。ちゃんと見張っておくから」

釘《くぎ》を刺すことを忘れない財務大臣の鑑《かがみ》だな。

一礼してから出て行く彼の背中を見送ったあとで、ハクヤが俺に尋ねた。

「婿入りを希望している件は伝えずによろしかったのですか？」

「書状だけだとミオがどこまで本気で言ってるのかもわからないしな。数字に嫌気が差しての妄言にも聞こえるし、話したところでコルベールを変に警戒させるだけだろう」

「それもそうですね」

「だろ？　だからここはあれだ」

俺は含み笑いを浮かべながら言った。

「あとは若い二人に任せるとしよう」

◇　◇　◇

――一方そのころ。

フリードニア王国から東にある九頭龍《くずりゅう》諸島連合王国（通称：諸島連合）。そんな諸島連合に属するとある島の港町では、一人の青年が険しい表情で歩いていた。

スラリと背が高く、長い髪を総髪に結った青年の頭には白い狐《きつね》耳が載っていて、カエデなどと同じ狐の獣人族であることがわかる。

また腰に大小の九頭龍刀を差していることから、この国においてフリードニア王国などの騎士にあたる職業である『物部《もののふ》』であるということもわかった。

白狐耳《びゃっこ》の物部は街の様子を見て溜息《ためいき》を吐《つ》いた。

(……やはり、事態は深刻なようだ)

この島は諸島連合に所属する他の島々のように漁業が盛んで、港町ともなれば常に人で溢《あふ》れて活気に満ちていた。

島に生きる者たちは海と生き、海と死ぬ。

海は豊かな幸を恵んでくれるが、一度荒れれば容赦なく命を奪う。

危険と隣り合わせだからこそ、一日一日を、人生を謳歌《おうか》する。

だからこの時間ともなれば、港町は朝早い漁を終えた漁師たちが酒の席で歌う舟唄が聞こえてくる……はずだった。しかし、
いまの港町は人もまばらであり、舟唄も聞こえず静まりかえっている。

活気で溢れていたはずの商店通りはやっていない店も多く、やっている店も軒先に並ぶ商品は少ない。道の端ではやけ酒でもあおっていたのであろう男が、生気のない顔で横になっていた。白狐耳の物部は店を開けていた魚屋を覗《のぞ》いた。

「これは島主様《とうしゅさま》。なにかご入り用で?」

狸《たぬき》の顔をした獣人族の魚屋が揉《も》み手《で》で声を掛けてきた。

島主とはこの九頭龍諸島連合を構成する各島々を治めている者たちのことだ。

九頭龍諸島連合はもっとも大きな島の主を九頭龍王として戴《いただ》いてはいるが、各島の統治はそれぞれの島主に任せている。

白狐耳の物部はこの小さな島の島主だった。

白狐耳の物部が軒先を覗くと少ない品揃《しなぞろ》えの割りにどの魚も値段がとても高かった。以前はまとめて量り売りされていたような魚が、いまでは一匹だけで量り売りされていたときの倍近い値段になっている。

「高いな……」

白狐耳の物部がそう呟《つぶや》くと、タヌキ顔の魚屋は憤慨したように腕組みをした。

「そりゃあしょうがないですぜ。この魚たちだって漁師たちが遠く海を渡って、西の大陸近くまで行って命懸けで獲《と》ってきたものなんですぜ？　仕入れの値段だってあがっちまってるんですから、これくらいで売らないとお飯《まんま》の食い上げでさぁ」

「ああ、すまない。そういうつもりで言ったんじゃないんだ」

白狐耳の物部は素直に頭を下げた。

「我ら物部は人々を守る立場だ。我々が無力なために、人々に苦労を掛けてしまっているということを突きつけられた気になって……気分を害したならすまない」

「あーいや、頭を上げてくだせぇ。島主様のせいじゃねぇんですから」

この島ではもっとも偉い人物に頭を下げられて、タヌキ顔の店主はかえって慌てた様子だった。白狐耳の物部はいくつかの魚を包んでもらった。

支払いを済ませて白狐耳の物部が去ろうとすると、

「この国はどうなっちまうんでしょうねぇ……」

タヌキ顔の魚屋がポツリと呟いた。

「魚は捕れないのに税はあがりやしたし、なんでも今度は西のフリードニア王国とやりあうって話じゃないですか。東の帝国からの使者が各島の主に『近いうちに王国が侵攻してくるぞ』って言ってるそうじゃないですか」

「……ああ」

たしかに最近、グラン・ケイオス帝国の使者が各島の島主たちに頻繁に会っているようだ。どんな島にも必ず一度は派遣しているようで、この小さな島の島主である白狐耳の物部のところにさえも来たほどだ。

するとタヌキ顔の店主は遠くを見るような目をしながら言った。

「九頭龍王は戦う気満々だって話ですし。この状況で戦争なんて、あっしらはどうしたらいいんでしょうか……」

「………」

白狐耳の物部は答えてやることもできず、一礼してからその店をあとにした。

この島の高台に白狐耳の物部の館はあった。

館とは言っても過去に島同士の争いが多かったこの諸島において、島主の邸宅は砦《とりで》と同義であり、石垣の上に築かれて白塗りの壁で囲われている。

館も低層と高層の二つにあり、島主は普段は高層の『二の館』に住んでいるが、政務は低層の『一の館』で行っている。館は島で一番高い場所に築かれているので、二の館の正門からは眼下に港町の賑《にぎ》わいと、その向こうに広がる青い海を見ることができた。

白狐耳の物部が『二の館』へと帰ってくると、そんな門の前に一人の人物が立っていることに気付いた。

「……シャボン様」

その人物は袖や裾のヒラヒラとした宮廷女官の衣装を着た美しい少女だった。

年の頃は十八歳くらいだろうか。

エメラルドグリーンのフワフワとした髪の少女なのだが、特徴的なのは人間族ならば耳がある位置に魚の胸ビレのようなものがあった。

しなやかな腕にも半透明なヒレのような物が振り袖のように付いている。

彼女のような種族を『人魚族』といい、諸島連合ではとくに多い種族だった。

「ただいま戻りました。シャボン様」

白狐耳の物部はそんな人魚族の少女に声を掛け、彼女の横に立った。

シャボンと呼ばれた少女は少し眠たげに見える瞳を向けた。

「おかえりなさい、キシュン。港の様子はどうでしたか？」

「……残念ながら、悪化するばかりです」

白狐耳の物部キシュンは購入した魚をシャボンに見せた。

「このような魚も、いまは五倍以上の値で取引されています。事態はかなり深刻です。ただでさえこの国は〝厄介事〟を抱えているというのに、税は上がり、加えて西のフリードニア王国との戦争の影までもがチラついて、人々は一縷《いちる》の希望すら抱けません」

「希望がないこと……明るい未来を想像できないことが一番辛いですね」

シャボンは悲痛な表情で眼下の静まりかえった港町を眺めた。

「いまのこの国はどこもかしこもこんな感じです。魚と共に、人々から生きる気力さえも奪われてしまったかのようです。海と共に生き、海に育まれ、海に死ぬことを誇りとしてきたこの国の人々にとって、いまの状況はとても堪え難いものでしょう」

「シャボン様……」

「そして……状況はさらに悪くなりつつあります」

悲しそうに言うシャボンに、キシュンは絞り出すような声で言った。

「フリードニア王国と本当に戦争になるのか、と魚屋に尋ねられました」

「……いま各島にグラン・ケイオス帝国の使者が派遣されているようです」

『王国がこの九頭龍諸島すべてを支配下に置こうと軍備を整えている』

『だから〈人類宣言〉に参加して帝国の庇護《ひご》下に入らないか』

帝国の使者は各島主たちにそう訴えているそうだ。

「島主たちは独立心が強いため、帝国の庇護下に入るくらいなら王国と開戦すべしと意気込んでいるようです。そしてお父様も……九頭龍王もそのつもりのようです」

「このようなときに……島主たちもそうだが、ソーマ王も酷《ひど》すぎる。異世界から召喚された勇者、魔浪から東方諸国連合を救った若き賢王と聞いていたのに……」

悔しそうに拳を握りしめながらキシュンは言った。

しかし、シャボンは静かに首を横に振った。

「王国にも言い分はあるでしょう。この国の漁民が王国の近くで漁をすることで、王国の漁民と衝突を起こしています。そしてお父様はそんな漁民同士の衝突に軍を介入させてしまっています。これを解決するためにはもう戦争しかないと思ったのでしょう」

「ですが、こちらの事情を酌んでくれれば……」

「それを本来すべきはお父様なのですよ。こちらの事情も説明しないのに、こちらの事情を酌んでくださいというのは都合のいい話じゃないですか」

「それでも！　このままでは……」

「……ええ、このままではかなりまずいです」

するとシャボンは透き通るような声で朗々と歌い出した。

「『大いなる闇、現れしとき　まずは海の獣が消える
次に大魚が消え、小魚さえ網にかからなくなる
やがて海が静まりかえったならば

人も獣もいなくなり　最後を語る者もナシ』」

それは九頭龍諸島連合に古くから伝わる唄だった。

つい数年前まではただの怖いおとぎ話だと思われていたこの唄だが、いまでは九頭龍諸島に住む者のほとんどが事実だったのだと信じている。

シャボンは悲《ひ》愴《そう》な表情で言った。

「いまの状況は『海が静まりかえった』状態と言えるでしょう。そうなると次は……もはや一刻の猶予もありません」

「シャボン様……」

「キシュン、私は決めました。フリードニア王国へと向かいます」

シャボンは覚悟を決めた顔で西の海を見つめた。

「この身一つで、この国の人々を救えるのなら、私はどうなろうと……」

なかがき

現国十二巻をお買い上げいただきありがとうございます。今年に入ってインフルエンザにかかり、その一週間後に胃腸炎からくる腸閉塞で入院していたどぜう丸です。初っぱなから健康の大切さを痛感させられました。

今巻では傭兵《ようへい》国家ゼム編となっていますが、基本的には放置していたカーマイン家にまつわる問題と外交とが中心の物語になっています。章としては内政中心の前巻からの続きとなっていて、大陸暦一五四八年の物語が終わる形となります。

前巻から今巻にかけては頁《ページ》構成にかなり苦労しました。

Ｗｅｂ上では前巻＋今巻のゼム編で一章構成だったのですが、一冊に収めるには文章量がありすぎだし、ゼム編のみでは一巻分のボリュームはありません。

以前のあとがきでＷｅｂ小説の強みは『頁数を気にせずに好きなだけ書けること』と書いてまあまあな反響を戴いたのですが、自由には責任が付きものです。好きなように書いたツケはあとで必ず自分に降りかかってきます。お気をつけを。

そのためこのなかがきのあとはソーマたちが王国へと戻ったあとの幕間《まくあい》話を挟みつつ、次章である『九頭龍《くずりゅう》諸島連合編』の序盤部分を収録してあります。次章も一巻に収めるには若干長いのでちょうど良いと言えばそうなんですけどね。

最後までお付き合いいただけましたら幸いです。

そしてそして、

書籍版だと帯に書いてあるのですでにご承知とは思いますが、

【『現実主義勇者の王国再建記』アニメ化決定】

で、ございます。マジです。

これも日頃から応援してくださっている皆様のおかげでございます。

本当にありがとうございます。

まだ開示を許されている情報が『アニメ化決定』だけなので、自分の口からは詳しいことをお話しすることはできないのですが、今後オーバーラップ様などで順次情報解禁されていくことでしょう。それをお待ちいただけたらと思います。

それでは、これからもよろしくお願いします絵師の冬ゆき様、相変わらず楽しく読ませていただいてますコミカライズの上田悟司先生、担当様、デザイナー様、校正様、そしてこの本を手に取ってくださった皆様方に感謝を。どぜう丸でした。

幕間話1　獅子は獲物を狙う

――大陸暦一五四九年一月・カーマイン領ランデル

「なあ、ビー殿」

ランデル城の政務室で目の前に山と積まれた書類一つ一つにサインし、横に判を押していた元陸軍大将ゲオルグ・カーマインの娘ミオが、同じ室内で書類と睨《にら》めっこしているフリードニア王国財務大臣コルベールに話しかけた。

家名のほうが呼びやすいからとソーマやロロアは彼をコルベールと呼ぶが、彼の名前はギャツビーであり、ミオが呼んだのは彼女が勝手に付けた愛称だった。

「……なんですか、ミオ殿」

コルベールは小さく溜息《ためいき》を吐《つ》きながら返事をする。

するとミオはパンと手を顔の前で合わせた。

「頼む。私と結婚してくれ！」

「嫌です」

「即答!?　もう少し考える素振りくらいしてくれてもいいのではないか!?」

「何度も言われてれば流石《さすが》に鬱陶しくもなってきますよ」

これが純粋な好意からくるものであったならばコルベールとてそう無下にはしないだろうが、彼女がコルベールに求婚している理由の大部分が、目の前の政務から逃れるためというのだからぞんざいな扱いになるのも仕方ないだろう。

◇◇◇

事の起こりはソーマが傭兵国家ゼムから帰ってきたころに遡る。

ゼムから帰還したソーマは、反逆者とされていたゲオルグ・カーマインの再調査を命じた。ゲオルグが本当に私利私欲や〝ただの武人としての矜持《きようじ》〟のためだけに国に反逆したのかを知るためだった。

その調査の結果、ゲオルグの謀反は自らと共に不正貴族を一掃するための彼の計略であった可能性が浮上し、またその可能性が高いということが明らかになった。

たとえどんな理由があろうとも国やソーマに対し反逆したという事実は消えず、無罪とすることはできないが、それが自己犠牲さえ辞さない忠誠心によるものならば情状酌量の余地はある。ゲオルグの名誉は回復され、連座を避けるために縁を切り国外へと出ていた彼の家族は帰国を許されることになった。

そしてかつてのカーマイン公領すべてとはいかないまでも、居城のあったランデルとその周辺の領地はゲオルグの娘であるミオが継承することになったのだ。

こうしてカーマイン家を継ぐことになったミオだったが、早速躓《つまず》く事になる。

「領地経営とか私には無理だぁ！」

政務室の机に突っ伏しながら、新米領主は頭を抱えてそう叫んだ。

典型的な武人肌。言い換えれば脳筋タイプであるミオは、ゲオルグに領地経営の勉強に身が入っていないと指摘されたときも、

『い、いざとなれば内政に強い婿を迎えましょう！』

……と言って誤魔化していた。

ミオは武将としての素質はかなり高いが内政面の才能はからっきしだったため、ゲオルグにしても『まぁそれもよかろう……』と黙認していたようだ。

しかし、そうして勉強してこなかったことのツケをいま払わされることとなった。

ランデルへと帰還してしばらくはゲオルグの副官であり、戦後はランデルを預かっていたグレイヴ・マグナやマグナ家の人々が政務を手伝ってくれた。

しかし、マグナ家にも自分たちの領地があり、いつまでもミオを手伝っているわけにもいかず、その時点で溜《た》まっていた仕事は片付けた上で引き揚げていった。

また騎士階級は領地経営を代官に任せることも多いが、ソーマが騎士・貴族階級の昇進・降格の基準に領地の経営状況を加えたため、騎士たちは優秀な代官を競って求めたので優秀な内政官が不足している状況でもあった。

この状況に切羽詰まったミオは王城に泣きついた。

『人材が不足していて手が足りません！』

『誰か人を派遣していただけませんか!?』

ミオは土下座するような勢いで王城にそう頼み込んだのだった。

内政に強い婿を迎える。あの日、父に語った言葉を実現させるために。

そうなってくるとミオの脳裏には浮かんでくる顔がある。

かつてアミドニア公国との国境線の橋で出会い、ゼムで再会した財務大臣のコルベールだ。財務大臣を務める能力もさることながら、文官なのに武官でさえ畏怖する父ゲオルグや公王ガイウスにも意見できる胆力もある。父も良き若者だと誉《ほ》めていた。

聞けば、そんなコルベールはいまだに独身だという。

ゼムで話していたときに彼の穏やかさや真摯な姿勢は知れている。彼のような人物が婿に来てくれるならば、ミオ個人としても嬉《うれ》しいし、カーマイン家も安泰だ。

だから王城への頼み事に、少しだけ私心を混ぜることにした。

『できれば数字に強い人物に婿に来てもらって、自分の代わりにカーマイン家をとり仕切ってほしいです！』

ミオとコルベールが旧知であると知っているソーマならば、誰のことを指名しているのかわかるだろう。実際、その秘めた思いは伝わっていた。

ソーマたちとしても結構面倒な手順を踏んで復活させたカーマイン領にすぐに潰れられても困るため、ソーマとハクヤが話し合った結果、財政に強いコルベールを送って彼女の補佐に充てることにしたのだ。

そしてコルベールがランデルのミオの下へとやってきた。

「お久しぶりです、ミオ殿。ゼム以来ですね」

「うぅ……コルベール殿、よくぞ、よくぞ来てくれた」

ミオはコルベールの手を取りながら涙目になって言った。

そのあまりの熱量にコルベールが若干引くほどだった。

「政務が……政務が全然減ってくれなくて……」

「わ、わかりましたから。早速作業に取りかかりましょう」

こうしてコルベールは財務大臣（実態はロロアの経済政策に対するお目付役）、歌姫《ローレライ》たちのマネージャーのような業務に加えて、ミオの補佐まで加わることになり、王都とランデルを行ったり来たりする羽目になったのだった。なまじ優秀で積まれた仕事をきちんとこなしてしまう男であるが故に、さらなる仕事を持ち込まれてしまうのだ。

もっとも、いくつもの意識を操って何人分も働くソーマ、その補佐をしながら帝国と交渉をしているハクヤ、一時期は農林大臣とヴェネティノヴァの代官を兼任していたポンチョなど、王国の上層部は誰も彼もがそんな感じなので文句も言いづらいのだが。

ともかく、そうしてコルベールはミオの政務を手伝っていたのだが……ある日、コルベールは政務の傍らうっかり自分が独り身であると口を滑らせてしまった。

当然ミオは知っていたのだが、食いつく話題が提供されたことになる。

その瞬間、獅子《しし》（♀）の瞳が輝いた。

「なぁ、コルベール殿」

「……なんですか？」

書類から目を離すことなく空返事をしたコルベールに、ミオは言った。

「私と結婚してほしい」

「…………はい？」

コルベールが自分の耳を疑って顔を上げると、ミオが喜色を浮かべていた。

「おお！　受けてくれて嬉しいぞ！」

「……いや……いやいやいやいや！　いまのは承諾の『はい』じゃないですからね⁉　自分がいまなにを言われたのか理解できなくて聞き返しただけですから！」

「なにを、って貴殿に求婚しただけだろう？」

「そうですけど、そうじゃなくて！　なにを軽い感じで聞いているんですか！」

コルベールはそう訴えたが、ミオはキョトン顔で首を傾《かし》げた。

「もっと重い感じに言えばよいのか？　結婚してくれなきゃ死ぬ、みたいな？」

「重い！　いや、そういうことではなくて！」

「ところで貴殿は長男なのだろうか？」

「は？　いや、三男ですけど……」

「うむ！　ならば我が家に婿入りしても問題ないな！」

「大ありです！」

コルベールは額を押さえながら言った。

「そもそも私とミオ殿が顔を合わせたのはアミドニアに居たときに何度かと、ゼムで再会したときぐらいじゃないですか。回数で言ったら数えるほどしかないでしょう。それがなぜいきなり結婚などという話になるのです……」

「貴族や騎士の家なら顔を合わせてその日に婚約というのも珍しくないだろう？」

「それは家同士で事前の根回しが済んでいるからです！」

「そう言われても私は回りくどいことは苦手なのでな。それに獲物が目の前にいたらまずは仕留めるべきだろう。煮て食うか焼いて食うかは仕留めてから考えればいいし」

「なんという肉食系な思考!?　たとえもおかしいし！」

コルベールは理詰めな話が通じないタイプの女性だと察して頭が痛くなった。

ミオから一度こうと決めたらどんなに諌《いさ》めても我を通す、ロロアに似た空気を感じ取ったからだ。この手の女性に関わると振り回される未来しか見えない。

（なんで、どうしてこうなったのですか!?）

——コルベールの受難（?）はこの日より始まったのだった。

◇◇◇

そして時間は流れて、ミオがもう何度目かもわからない結婚要請をコルベールに断られたところに戻る。すげなく断られたミオは不満そうに口を尖《とが》らせた。

「なにが不満なのだ。私は尽くす女だぞ？……政務以外は」

「いま一番尽力してほしい項目を除外しないでください」

コルベールが書面から視線を上げることなくサラッと流すと、ミオはむぅと膨れっ面になった。告白しているというのに目の前の男は感情を動かしていない。

これは女としての沽券《こけん》に関わるというものだ。するとミオは頭に手をやり、慣れていないからだろうが少々ぎこちないながらもモデルのようなポーズを取った。

「母上に似て美人だと言われているし、スタイルもかなりのものだと自負している。こう見えて出るところは出ているのだ。スリーサイズは上から……」

「言わなくていいですから！……はぁ」

コルベールは溜息を吐くと自分で自分の肩を揉《も》んだ。

「貴女《あなた》が綺麗《きれい》な人であるということはわかっています。それこそ歌姫《ローレライ》にでもなれば、たちまち人気になるんじゃないかと思えるほどです」

「あ、私は歌は下手だぞ。大声なのに調子っぱずれらしくてな。全体主義で規律にうるさい士官学校の校歌斉唱で、口パクを許された数少ない者の一人だ」

「……黙っていれば人気が出そうです」

「言い直しが悲しいな。でも、容姿は褒めてくれるのだろう？　家柄だって悪くないし、どうして求婚を受け入れてくれないのだ？」

「それは、偏《ひとえ》に、政務の、途中、だからです！」

コルベールは誇張するように一語一語区切りながら言うと、ミオはキョトンとした。

「政務が終わったら求婚を受け入れてくれるのか？」

「いや……政務がすべて片付いたら私の力は必要ないでしょう？」

「そんなわけあるものか。いまの政務が片付いたとしてもすぐに次の政務がやってくるだけだ。私は陸軍に所属が戻ったというのに、ここしばらくは訓練場にも顔を出せていないのだぞ」

ミオは机に頬杖《ほおづえ》を突くと深く溜息《ためいき》を吐《つ》いた。

「これでは身体《からだ》が鈍《なま》ってしまう……やはり頼りになる旦那様を迎えて、領地のことは一切合切任せてしまったほうがいいと思うのだ」

「べつにいまの溜まった政務さえ片付いたら、私でなくても経営はできるでしょう」

「ビー殿がいいのだ！　私は！」

ミオが勢いよく立ち上がりながら力説した。

コルベールはその熱量に気圧《けお》されてビクッとなった。ミオは言う。

「私にもビー殿が文官として優秀だと言うことは理解できる。しかし、どれほど優秀かと聞かれたら答えられない。現状では歯がゆいことだが、私には文官としての素養がなく、測るための尺度を持ち合わせていないからだ。それでも、武人として感じるのは貴殿が他の文官たちからは感じられない胆力を持っているということだ」

「胆力……ですか？」

聞き返され、ミオは大きく頷《うなず》いた。

「ああ。貴殿は間違っていると思ったら、たとえ相手が自分よりも強く、圧倒的であったとしても、勇気を振り絞って物申せる、そんな気骨のある文官だ。見た目は大して強くなさそうなのにな。これは陛下や宰相殿からも感じることだが」

「……………」

「まあ頭の固い武断派とは対立しそうな性格でもあるがな」

ミオの指摘に、かつて国民の負担を考えずに王国へ侵攻しようとしたガイウスにやめるよう諫言《かんげん》し、怒りを買って蹴り飛ばされた経験があるコルベールはなにも言い返せなかった。

ミオはふぅと息を吐きながら椅子に座り直した。

「母上も居なくなってしまったいま、ビー殿のような信頼できる人物に近くに居てほしいのだ。これは嘘《うそ》偽りのない私の心からの願いだ」

「母君ですか？……あれ？　たしかゲオルグ殿の奥方もミオ殿と共に帰国したと聞いていたのですが……そういえばまだお会いしていないですね」

コルベールがこのランデルに来てからまだ一度も亡きゲオルグの妻、つまりミオの母親とは顔を合わせていなかった。本来なら真っ先に挨拶すべきところだ。

いきなり山積みにされていた政務を手伝わされたので失念していた。

「いまはどちらに居《お》られるのですか？」

「ん？　パルナム城だが」

「えっ、王城ですか？　それは……」

人質、ということなのだろうかとコルベールは思った。

ゲオルグの名誉が回復されたとはいえ、カーマイン領は大きく削られることになったのだ。それを恨みに思ったミオが反抗しないように、ソーマはミオの母君を城内に留《とど》めて人質にしているのではないか、と。

それは為政者としてはある意味正しい判断なのかもしれない。

しかし目の前にいるミオの裏表のない性格を目の当たりにしていると、考えすぎのように思えた。コルベールが不憫《ふびん》に思っていると、

「……なにか勘違いをしていないか？」

彼の視線から考えることを察したミオは「そうじゃないんだ」と手を振った。

「貴殿が思っているようなことではないよ。むしろ、王城に行きたいと希望を出したのは母上のほうなんだ。陛下たちは母の希望を叶《かな》えただけだ」

「そうなのですか？」

「ああ、たしかいまは王城勤めの者たちの子供たちを預かっている〝保育所〟とやらで、

子供たちの面倒を見ていると言っていたな。とても楽しいと手紙に書いてあった」

「それならばいいのですが……でも、なぜ？」

「それは多分、ここより王城のほうが〝会いやすい〟からだろうなぁ……」

ミオが歯切れ悪くそう言ったので、コルベールは首を傾げた。

「会いやすい？　誰に？」

「あーいや、こっちの話だ」

ミオは口が滑ったとでも言うように頭を振るとまた溜息を吐いた。

「もちろん母上にも政務を手伝ってほしいと懇願したのだがなぁ」

ミオはそのときのことを思い出して溜息を吐いた。

助力を願うミオに対して母はこう言っていた。

『これからは貴女たち若い人たちの時代なのですから、自分でなんとかしてみなさい』

『折角、領地も小さく治めやすくなったのだから、貴女のやり方で思うようにやってみなさい。そして沢山悩んで、沢山失敗して、その度に誰かに助けられて、人として、領主として成長しなさい』

……と。そのことを聞いたコルベールは感嘆の声を漏らした。

「……温かくも厳しいお母様なのですね」

コルベールにそう言われてミオは苦笑した。

「本当にな。父上がいた頃は気付かなかったが、母上も父上に負けず劣らずの頑固者だ」

「似たもの夫婦ということですか？　そんなお二人の血を引いているのですから、ミオ殿にも領主としての素質はあると思いますよ」

コルベールが励ますように言うと、ミオは身を乗り出した。

「婿入りしてくれる気になったか！」

「話が戻った⁉」

焦るコルベールにミオはニヤニヤしながら言った。

「私はオススメだぞ。ちゃんと私に構ってくれるなら側室を何人持っても怒らないし」

「そんなに要りませんよ。……ポンチョ殿とか見てると大変そうですし」

セリィナ、コマインという美人二人を妻にもらい、一時期激やせしていたポンチョを見ていたコルベールはわりと本気でそう思っていた。

なおそのポンチョも二人が妊娠したことを機に体重は増加傾向にあったのだが、そのことがかえって激やせの理由を証明しているように思えた。

するとミオはキョトンとした顔で首を傾げた。

「貴殿は歌姫《ローレライ》たちの世話もしているのだろう？　誰ぞと懇《ねんご》ろではないのか？」

「歌姫《ローレライ》に手を出すわけないでしょう。国民を敵に回したくありません」

「……陛下がくしゃみでもしてるんじゃないか？」

「あーいえ、もちろん陛下を批判しているわけではないですよ！　ジュナ殿とは歌姫《ローレライ》という枠組みが完成する前から共に行動していたのですから」

「アハハ、わかってるさ」

ミオに笑われてコルベールは顔が赤くなった。

そういうからかい甲斐《がい》があるところもカワイイなぁとミオは思ってしまうのだが。

「でも、歌姫《ローレライ》の中には本気でビー殿に惚《ほ》れてるのもいるのでは？　ビー殿は優しい大人の男性だし、頼りがいもある。歌姫《ローレライ》稼業で周囲に男っ気がないなら、真っ先に目が行きそうなものではないか」

「そ、そんなことは……第一、歌姫《ローレライ》なんですよ？」

「引退した後なら娶《めと》ってあげてもいいんじゃないか？」

「そんな人がいるとは思えませんが……」

「私は構わんぞ。だから安心して私のもとに嫁いでくるがいい」

「あーもう！　いいから政務をしてください！」

コルベールは羞恥で顔を赤くしながらそう叫んだ。


――二人の賑《にぎ》やかな政務はまだまだ続きそうだった。

幕間話2　研究女子会（メカドラ強化計画）

　ソーマたちが傭兵《ようへい》国家ゼムに行っていたころ。

　超科学者《オーバー・サイエンティスト》ジーニャのダンジョン工房にあるログハウスでは、ジーニャ、ハイエルフのメルーラ、共和国の鍛冶職人タル、帝国の穿孔姫《せんこうき》ことトリルの四名がお茶をしていた。

　王国・帝国・共和国の三国共同プロジェクトである『穿孔機《ドリル》製作』の主軸となっている四人だったが、いまは休憩中だった。

　すると、そんなお茶の席でトリルが唐突に言い出した。

「ジーニャお姉様、メカドラに穿孔機を付けましょう！」

「……なんだい急に」

　ジーニャが訝《いぶか》しげな目で見ると、トリルは窓の向こうにそびえ立っているメカドラを指差した。

「あのように立派な機械竜だというのに、攻撃手段が肉弾戦だけなんて冴《さ》えませんわ！　武装を付けましょう！　そして穿孔機を付けましょう！」

「言わんとしていることはわかるよ」

　ジーニャはカタッとカップを皿に置いた。

「生き物の身体の構造を研究するために創ったもので、全身は稼働するものの、動かせるようには創っていなかった。だけど王様の能力で動かせるということを知ったとき、もっと強く格好良くできるのではと思ったものさ」

「意外ですね。貴女《あなた》なら思い立ったときにはもう武装を取り付けてると思うのですが」

この中で一番付き合いが長いメルーラがそう言った。

たしかに、いつものジーニャならとっくに武装を取り付けていることだろう。必要経費は旦那様のルドウィンに押し付ける形でだ。

するとジーニャは苦笑しながら頷いた。

「そうなんだけどね。メカドラは結構制約が多いんだ。……ちょうど良い機会だから少しまとめてみるとしようか」

ジーニャは移動式の黒板の前に立ち、チョークを持った。

そしてメカドラに課せられた制約について書きだしていく。残りの三人はその光景をジーッと見つめていた。この四人は技術者と研究者と職人という言ってしまえば探究心旺盛な女子たちなので、お茶の席でも恋バナよりも研究議題のほうが盛り上がるのだ。

ジーニャは書きだした項目の一つ目を指差した。

「まずは星竜連峰への配慮だね。王様の話では星竜連峰からは骨の利用は好きにしていいと言われているようだけど、限度はある。早い話が星竜連峰のご機嫌を損なうようなことはできないってことだね。対人類の戦争には使用しない、とか」

「べつに、兵器として使うために武器を付けようというのではないですわ！」

トリルがそう力説すると、黙って聞いていたタルが首を傾《かし》げた。

「じゃあなんのための武装なの？」

「それはもちろん、そのほうが格好良いからですわ！」

「……クー様みたいなことを言う」

タルは呆《あき》れたように呟《つぶや》いた。タルは以前、実用的かどうかは疑問に思いながらもクーの棍《こん》に小型の穿孔機を取り付けたことがあった。

「私も、あまり理解はできませんね」

「そうかい？　ボクはトリル嬢の気持ちはわかるけどね」

メルーラとジーニャの意見は分かれていた。同じ研究女子でもここらへんは浪漫《ロマン》派（ジーニャ&トリル）と実用派（メルーラ&タル）に分かれるようだった。

ジーニャは話を続けた。

「星竜連峰への配慮としては使用法以外にも、もとの形状を変えるようなこともしないほうがいいだろうね。たとえば両手両足を車輪に改造したり、パーツを組み替えて人型っぽくしてみたりとかね」

「それはそれで格好良いと思いますが、ダメなのですか？」

トリルがキョトン顔で尋ねると、ジーニャは肩をすくめた。

「自分に置き換えて考えてみるといい。自分の両手両足を車輪にされたり、身体《からだ》をバラバラにされて別の生物っぽくされたらどんな気分になると思う？」

「……なかなかに猟奇的な絵面ですわね」

「そういうことさ。だから竜《ドラゴン》の造形からは大きく変えないほうが良いだろう」

全員が納得したところでジーニャは話を進めた。

「そしてこれが一番の問題なのだけど、メカドラの構造状の問題がある。まず先にも述べたがメカドラは本来操縦するようには造られていない。戦艦のように人が乗り込むこともできないし、乗り込んだところでなにもすることができない」

ジーニャは黒板にメカドラの設計図を張り付けた。設計図を見れば竜《ドラゴン》の骨を基本フレームにしながら、筋肉部分を金属や魔物素材で補っているのがわかる。

「本当に操縦できるような仕組みじゃないのね」

タルが呟くように言った。

「ああ。メカドラを動かせるのは王様の能力【生きた騒霊たち《リビング・ポルターガイスツ》】だけさ」

ジーニャは黒板に【生きた騒霊たち《リビング・ポルターガイスツ》】と書いた。

「ついでに王様の能力についてもおさらいしておこうか。王様の能力は物を自由自在に動かすことができる。ただあくまで動かすだけであり、それ以外の複雑なことは行えない。例えばこのチョークを動かして黒板に字を書くことはできるけど……」

そこでジーニャは長かったチョークをポキリと半分に折った。

「こんな風に動かしているチョークを折ったりすることはできない。基本的には物体を動かすだけだ。ただし、その縛りを一部無視できるものもある」

ジーニャはメカドラの設計図に手を当てた。

「それがメカドラの生き物の形を模したものだ。これには王様が所持しているズングリムックリな人形やマネキン、手だけのコーボー・アームなども含まれる。これら生き物の形を模したものに関してはより複雑に、まるで生きているかのように操ることができる」

「無機物は動かすだけ、ただし無機物でも生物を模していれば生きているように操れる……ということですか？」

トリルの問いかけにジーニャはコクリと頷《うなず》いた。

「そうだね。ただその場合でもこのチョークのように折ったり、破損させたりと言ったことはできないようだ」

「その違いはどこから来るのでしょうか？」

「イメージ……なのではないかしら」

トリルの疑問に答えたのはメルーラだった。

「以前『労働歌』と魔法の威力の関係について検証したときに、魔法の威力は結果を想像するイメージによって変化するという話をしたのだけど、それが【生きた騒霊たち《リビング・ポルターガイスツ》】にも関わっているのではないかしら。生物を模したものならば生きているように操れるというのは、ソーマ殿がその生物の動きを想像できるか否かにかかっているのでは？」

「なるほど。その仮説は正しそうだね」

ジーニャは腕組みをしながら「ふむ」と唸《うな》った。

「その仮説の真偽は別の機会に検証してみたいものだけど、いま問題となってくるのは王様の能力でも『メカドラに竜《ドラゴン》の動きを超えた動かし方はできない』ということさ」

「？　つまりどういうことですの？」

「トリルの要望どおりメカドラに穿孔機を取り付けたとしても、王様の能力では回転はさせられないってこと」

「そんな！」

「穿孔機の動きは物質的な移動でも生物的な動きでもないからね」

ショックを受けるトリルに、ジーニャは無情な現実を突きつけた。

しかしトリルはそう簡単に諦めきれなかった。

「そうだ！　回転させるのだけ機械的に行えばいいのですわ。通常の穿孔機のように回転する技巧を仕込んでいれば、ソーマ王の能力で回せなくても問題ないですし」

「その場合、スイッチのオン・オフが問題になってくる。回転させるためのスイッチは【生きた騒霊たち《リビング・ポルターガイスツ》】では押せないし、押すための要員を積むこともできない」

「うぅ……そんなぁ……」

肩を落とすトリル。ジーニャは腕組みをしながら溜息《ためいき》を吐《つ》いた。

「穿孔機だけじゃなく、大砲のような火器を搭載するのも無理だ。戦艦ならば弾を装填してくれる人が居るだろうが、メカドラにはそういう人が入って活動できるようには造られていない。対空連弩砲《れんどほう》なんかもスイッチの問題はつきまとう」

「腕にブレードを付けるとかならいけるのでは？」

メルーラが挙手しながら言った。ジーニャは頷いた。

「ああ、それくらいならいけるだろうね。メカドラ自身が扱える武器ならば使うこともできるだろう。まあ剣で斬るのも爪で斬るのも大差ないような気がするけど」

「……肝心なのはメカドラ自身が扱えるかどうか」

タルが思案顔で呟いた。

「それならメカドラ自身にスイッチを押させるようにすれば使えるんじゃゃ？　メカドラ自体に組み込むんじゃなくて、外部装甲的なものにすれば」

「ああ、それならいけるかもしれないね」

タルの提案にジーニャは思案顔になった。

「大砲のように装填が必要なものは無理だろう。あらかじめ装填して置いても一発撃ってお終《しま》いでは無用の長物だ。またメカドラ自身に操作させるなら、あの大きな手を操作できるようにしなければならない。あまり精密な作業はできないだろう。そういった前提条件をクリアできるならば、可能ではあるね」

「なら、いくつか思いついた装備がある」

タルが実現可能そうな装備について話そうとしたが、トリルが遮った。

「それより穿孔機ですわ！　タルさん、搭載できそうですの？」

「……どこに装備するかによる。あの巨体で扱うなら大きくなりそう」

「重量の問題もあるね。穿孔機の場合は回転機構や、回転させるためのエネルギーを貯蔵しておく装置も積まなくちゃいけない。刃を大きくするほどに重量は増える」

「あまり大きいと持ち歩くのも不便」

「うっ……」

タルとジーニャに次々と問題点を指摘され、トリルは怯《ひる》んだ。

「て、手で運べないなら……尻尾とか、お腹《なか》に付けるというのは？」

「……どっちにしても邪魔だと思う」

「お腹にドリルを格納するスペースはないから出しっぱなしになるしね」

「そんなぁ、ですわ」

二人に畳みかけるように論破され、トリルはその場にへたり込んだ。

「私は、あのメカドラが巨大なドリルを扱う様をみたいのですわ。あの巨体で、山をも砕く強烈な一撃を叩《たた》き込む。まさに浪漫の塊ではないですか」

「まあ気持ちはわからなくもないけどね」

ジーニャはポリポリと頬を掻《か》きながら言った。

「でも我々は技術者だ。夢想家ではない。いまあるもので、現実的に造れるものを創り出さなくてはならないんだ」

「ジーニャお姉様……」

「さあ、まずは実現可能な装備から考えてみようじゃないか」

「……はい」

そうして話はタルを中心とした実現可能な装備についての話になった。

いくつかの案が出て、実現可能そうな物が見つかったころ、

「ねぇ、ちょっと思ったのだけど」

メルーラがそう切り出した。

「どうしたんだい、メルメル」

「メルメル言うな。……ソーマ王の能力って『その生物のような動き』であって『その生物そのものの動き』ではないわよね？　人形やマネキンのような、人としてカウントしていいのか謎なものまで人として動かせるわけだし」

「……たしかに、そうだね」

ジーニャがアゴに手を当てながら言った。メルーラは続けた。

「だったらメカドラも『竜《ドラゴン》っぽく動かせる』けど『竜《ドラゴン》そのものの動き』ではないんじゃない？　翼が付いてるけど飛べたりはしないわけだし、竜《ドラゴン》というよりは『竜《ドラゴン》の着ぐるみを着た人のような動き』になっているんじゃないかしら」

「ふむ……つまり？」

メルーラは胸を張って言った。

「私たちはメカドラを半分竜《ドラゴン》・半分機械として考えていた。だから武器は追加装備という発想になっていたけど、人のように動かせるならもっと自由よ。いままでの考えは人に

鎧《よろい》を着せるようなもの。だけど人は手に武器を持つことだってできるわ」

「なるほど、竜《ドラゴン》と機械に囚《とら》われすぎてたってことか」

竜《ドラゴン》でもなく機械でもなく、人のように動かせるならそのような考え方も可能だろう。身体に装着するのではなく、武器のように持たせるならば装備可能な兵器のバリエーションはグッと増える。トリルはパッと顔を輝かせた。

「そ、それじゃあ穿孔機《ドリル》も!?」

「ああ、両手で持つ武器としてなら実現可能かもしれない」

「やったぁですわ！」

「だけど、だよ」

喜ぶトリルに、ジーニャはビシッと指を突きつけた。

「今度はどうやって運ぶかという問題が出てくる。ずっと持たせていたらやはり邪魔だろうし、両手が塞がるから格闘戦にも支障が出てくる」

「うっ」

「必要に応じてメカドラに届けられる仕組みがあればいいんだがねぇ」

ジーニャは腕組みをしながら唸った。トリル、メルーラ、タルも考え込む。

みんなで頭を悩ませたが良い案は出てこなかった。

そうしていると、

「おーい、タル。いるか？」

「クー様？　それにレポリナ？」

「こんにちはータルさん」

ジーニャのログハウスに共和国組のクーとレポリナが訪ねてきた。

「どうしたの？」

「ウッキャッキャ。一緒に帰ろうと思って呼びに来たんだよ。兄貴もいまはゼムに行っちまってて暇だしな。今夜は三人でメシでも食おうぜ」

「……まだ仕事中なんだけど」

そう口では言っていたが、タルの表情は満更でもなさそうだった。

クーはそんなタルの顔を見てニカッと笑った。

「終わるまで待ってるさ。いまなにやってんだ？」

クーは黒板に張ってあったメカドラの設計図を見つめた。

「あのでっかい機械竜か？」

「追加装甲について考えているところ」

「へぇ、面白そうじゃねぇか」

フムフムと見ていたクーだったが、しばらくして溜息を吐いた。

「ただまぁオイラとしちゃぁメカドラの装備よりも、兄貴の言ってた『氷を砕いて進む船』のほうを先に造ってもらいたいけどなぁ」

「『砕氷船』……だっけ。穿孔機の付いた船」

「ああ。海が凍る共和国には絶対に必要になるものだしな」

「大丈夫。ソーマ殿からそっちの開発も頼まれているから」

共和国組がそんな話をしていると、

「穿孔機の付いた船、か」

話を聞いていたジーニャが思案顔になった。

「ジーニャお姉様？」

「船に限らず穿孔機に自走手段を確保する、というのは良い案かもしれない。自分でメカドラの下まで行き、メカドラが自分で扱うようにすれば……」

「っ！　行けますよ、お姉様！」

実現可能そうな案が浮かび、トリルも目を輝かせた。

そんなトリルの様子に苦笑しながら、ジーニャは言った。

「タル考案の実現可能な追加装甲と自走可能な穿孔機。この二つを軸にメカドラの強化案を検討してみようか」

「はいっ！」

こうしてメカドラは凝り性の技術チームによって人知れず強化されることになる。

そのことをソーマたちが知るのは少し先の話だった。

次章プロローグ　海の掟

九頭龍《くずりゅう》諸島連合に所属するとある小さな島。

その島の湾近くに猪《いのしし》耳を載せた太っちょの獣人族ヅダイという男がいた。

この島に住む者のほとんどが漁を生業としているように、ヅダイもまた漁師だった。

ヅダイの家は漁師一筋の家系で、学はないが投網を使わせれば島の誰よりも遠くへ投げられる力自慢の男だった。

しかしもう長いこと漁には出ていない。魚が捕れないのだ。

釣りに出ても小魚が掛かればいいほうという不漁ぶりで、ただでさえ〝いま海に出ることは大変危険〟であるという昨今の状況下では、船を出すことに見合った成果はまったくと言っていいほど期待できなかった。

そのため、島の漁師たちは死んだような目で家で鬱々とした日々を過ごしていた。

ヅダイも同じだった。船を出すこともできないので、せめて小魚でもいいから捕れないものかと家の近くの岩場に網を仕掛け、翌朝になって確認しに行って成果のなさに肩を落とすというのが日常になっていた。

この日も朝起きてすぐにヅダイはポリポリとお腹を掻きながら、網を仕掛けた岩場へと向かった。眠い目をこすりながら網を引き上げる。

しかし、掛かっていたのは指の先程度の大きさの小魚と、小さなカニだけだった。

今日もまた大した魚は掛からなかった。

落胆しながらヅダイが大あくびをしたとき、ふと気になったことがあった。

（なんだ？　今日はやけに暗いな……）

ヅダイの家は海を東に見る位置に立てられており、いつもこの時間に、この浜辺に来れば眩《まぶ》しいくらいの朝焼けが出迎えるはずだった。真上を見ればよく晴れた青空が見えるというのに、太陽はどこへ行ってしまったのだろうか。

（ん～ん………ん？　んんんん!?）

まだ半分寝ぼけていたヅダイの頭が覚醒してくるにつれて、周囲の状況の異様さが認識できてきた。おかしい、暗すぎる。

この時間、この場所がこんなに暗いわけがない。

そう思って太陽が昇っているはずの方角を見ると……。

（なっ!?）

なにもなかったはずの海に、巨大ななにかがあった。

日の光を背にしているせいで逆光で黒く見えるその物体は、まるで巨大な島のようだった。ヅダイは自分の目が信じられなかった。昨日までなにもなかった海に、なんの前兆もなく急に島ができるなどということはあるはずがない。

（島じゃない。だとしたら……!?　ま、まさか!?）

ヅダイは自分が思い至った結論に恐怖した。
肌が粟立《あわだ》ち、嫌な汗が流れる。
実際は数秒間ほど思考が停止しただけだ。
しかし、ヅダイの体感時間では何時間も経《た》ったようだった。
そして次に我に返った途端、
「はっ!」
ヅダイは弾《はじ》かれたように家のほうに向かって駆け出した。
(に、逃げなければ……逃げなければ!)
しかし……もう遅い。
この小さな島のどこに〝アレ〟から逃げられる場所があるというのだろう。
〰〰〰〰〰〰〰〰〰〰!!
すると島のようなものが、耳をつんざくような爆音を発した。
おそらく島にいるすべての者がこの爆音によって目を覚ましたことだろう。
自分たちの生を刈り取ろうとするものが発するこの音を。
そして——惨劇が始まる。

——この日、九頭龍諸島に属する島の一つが無人島となった。

◇◇◇

——大陸暦一五四九年一月初頭・ラグーンシティ近海

まだ新年を祝う空気が完全には抜けきれないころ。

フリードニア国防軍総大将エクセル・ウォルターの治める領地の主都ラグーンシティの近海を哨戒《しょうかい》する一隻の艦があった。

海竜類《シードラゴン》一頭に牽《ひ》かせた王国国防海軍ではオーソドックスな巡洋艦だ。

その艦の甲板には、飛竜騎兵《ワイバーン》を搭載できる島型空母『ヒリュウ』の艦長カストールと、彼を訪ねてやってきた国防空軍大将トルマンの姿があった。

国防空軍のトップであるトルマンは漁業に関する諍《いさか》いでもめる九頭龍諸島連合との開戦が近いと噂《うわさ》される中で、『ヒリュウ』に配備する飛竜騎兵《ワイバーン》の編成を相談するため、旧主でありいまは艦長であるカストールのもとを訪れたのだ。

……そう、九頭龍諸島連合での戦いにソーマはいままで秘匿してきた虎の子兵器であるこの島型空母『ヒリュウ』を投入するつもりなのだ。

それだけで迫る戦いに向けてのソーマの本気度がわかるというものだろう。

その打ち合わせを終えた後で、カストールは巡洋艦を一隻借りると、トルマンを哨戒任務という名のラグーンシティ近海周遊クルーズに誘ったのだ。

甲板の手すりにもたれながらカストールはトルマンに言った。

「どうだ、トルマン。船で風を切るってのもいいもんだろ？」

「ははは、そうですね。飛竜《ワイバーン》に乗ったときとはまた違った爽快感があります」

海風に吹かれながらトルマンは笑いながら言った。

「船も結構な速度が出るのですね。そして波の音と潮の匂い……空にはないものです」

「慣れれば離れがたくなるぞ。陸《おか》にいると物足りなくてな」

「すっかり海の男ですね。最近はずっと『ヒリュウ』に？」

「いや、ここ最近はこういう巡洋艦で違法操業の取り締まりをしていたよ」

カストールは艦長帽のツバに手をやりながら波飛沫《しぶき》を見つめた。

「ご主君たちの作戦計画は降って湧いたものではない。すでに実行のときを待つだけの段階だし、計画の前に本格的な武力衝突に発展しないよう目を光らせているところだ」

カストールがそう言うとトルマンは東のほうを見ながらアゴ髭《ひげ》を撫《な》でた。

「九頭龍諸島の漁船は活発に動いているのですか？」

「ああ。徒党を組んでやってきてはこの国の近くで魚を捕っている。近づく王国の漁船は追い払ってな」

この世界にはまだ『国土から二〇〇海里』のような国際的に定められた海域はない。しかし慣習的に国に近い海域は、その国に属するものだと思われていて、そこにフラフラと入っていく他国籍の船は拿捕《だほ》されたり問答無用で撃沈されても文句は言えなかった。

そんな慣習を九頭龍諸島側の船は意図的に破っていた。

「この国の漁民たちから連絡があれば海軍部隊が軍艦で出港するんだが、取り締まろうとすると漁船に交じった武装船が牽制《けんせい》してくるんだ。そして武装船は漁船が逃げる時間を確保してから撤退していく」

「……戦闘になるのですか？」

トルマンが尋ねると、カストールは肩をすくめた。

「いや、武装船は基本的に牽制しかしてこない。あいつらの船は木造船を鉄板で補強した軽いものだ。それを海竜《シードラゴン》類ほどのパワーはないが素早く動ける『ツノドルドン』（一角獣のような角が生えたクジラやイルカに似た生物）に牽かせている。とにかく船足が速いんだ。あの船足で逃げに徹せられたら攻撃はそうそう当たるものじゃない」

「さすが海洋国家の船ということですか……」

トルマンがそう唸《うな》るとカストールも頷《うなず》いた。

「もしも戦いとなれば、あいつらは海賊まがいの戦法を仕掛けてくるからな。高機動で接近して爆薬を投げ込んだり、船の中に切り込んできたりする。旧来の艦隊だと数を揃《そろ》えたとしても苦戦は必至だろうな」

カストールは含みのある笑い方をした。トルマンはその意図を理解した。

「ですが、いまの我々には『ヒリュウ』があります」

「ああそうだ。対空連弩砲《れんどほう》を船に積むなど対策がないわけでもないが、初見で対応するの

……は不可能だろう。もっとも、初見でなかったとしても、こちらは運用方法を日夜研鑽《けんさん》して
研鑽《けんさん》して いるんだ。向こうが対策を立ててくることを想定した対策を立てられるくらいに」

「すごいものですな。空母とは」

「現在の海戦の常識を根底から覆してしまう、恐ろしい兵器だよ」

カストールは少し自慢げに笑った。彼はそんな空母の艦長なのだ。空母の凄《すご》さを理解されるということに、まるで我が子を誉《ほ》められたような気分になったからだ。

トルマンはそんな旧主の様子に苦笑した。

「陛下はとんでもないものを造っていたのですね……ん？」

不意にトルマンは視界の端になにかを捉えた。

先程から東の水平線を見つめていたのだが、そこになにかが映ったのだ。

急に手を目の上にかざして遠くを見ているトルマンに、カストールは首を傾《かし》げた。

「どうした？　トルマン」

「……あそこに船が見えます」

「船？」

カストールも首から提げていた双眼鏡で確認する。

すると東のほうから一隻の船がこちらに向かっているのが見えた。

まだハッキリとは見えていないが漁船よりは大きいようだ。

さらに近づいたことで軍艦らしいということがわかった。

今日この海域を、この艦以外に航行する国防海軍の船舶はないはずだ。

他の海兵たちも気付いたのか甲板がにわかに騒がしくなった。

「我が国の艦ではありません！　九頭龍諸島の艦のようです！」

見張り台の海兵がそう声を張り上げた。

どうやら九頭龍諸島に所属する軍艦のようだ。よくよく見てみれば、木造の大型船の表面に鉄板を貼って防御力を高めているのがわかる。

（しかし、なぜ一隻で？　このようなことはかつてなかったことだ）

艦橋へと戻り、海兵たちに指示を出しながらカストールは考えた。

周囲に守るべき漁船はいない。いつものような武装船ではないのだろう。

ならばなぜたった一隻でこちらに向かってくる？

たった一隻でこんな王国近くの海に来てなにをしようというのだ？

王国の艦船を単艦で襲撃しようとしても、いまみたいに哨戒している艦に発見されるだけだ。この情報はすでに伝書クイによって国防海軍本部のあるラグーンシティに送られている。すぐにでも増援が派遣されてくることだろう。

そんな状況下で、単艦で王国の艦隊に喧嘩《けんか》を売るような真似《まね》をするのだろうか。

「念のため、すぐにでも砲撃を行える準備をしておけ！」

「はっ、総員砲撃戦用意！」

カストールの指示を受けた副長が伝声管に向かって指示を飛ばす。

ともかく相手の意図がわからないため、カストールたちが乗る艦は進路を変えて、向かってくる艦の進路に対して斜めに入り、砲撃できるような態勢をとる。

距離はドンドンと近づいてきた。もう少しでお互いの射程圏内に入る。

これはもう戦闘は避けられないか。

「……撃ちーかたぁ～」

機先を制すべく、カストールが砲撃を命じようとしたそのときだった。

物見柱の上にいた船員の声が伝声管を通して響き渡った。

『敵艦、牽引《けんいん》していた生物を切り離しました！』

「はあ!?」

その報告を聞いて、カストールは素っ頓狂な声を出してしまった。

この世界において船を牽引している海洋生物を切り離すと言うことは、船の推進力を失うことに等しい。つまり相手はこちらに向かってくることも逃げることもできなくなったのだ。なぜこのタイミングでそのような愚かな行為をするのか。

カストールが呆気《あっけ》にとられていると、物見柱の船員はさらに続けた。

『今度は救難信号旗を掲げています！』

「敵艦、救難信号旗だと？」

カストールはガシガシと頭を掻《か》いた。

「このタイミングでか……だあくそっ！」

そしてなにやら考え込み始める。

事態を飲み込めないトルマンは呆然《ぼうぜん》とした表情でそんなカストールを見ていた。

しばらくして、カストールは覚悟を決めたように言った。

「……仕方がない。総員、あの艦を救助するぞ」

「えっ？　助けるのですか？」

トルマンがそう尋ねるとカストールはまた頭をガシガシと掻いた。

「救難信号旗が揚がっているんだ。助けないわけにはいかない」

「あからさまに怪しくないですか？　なにかの罠《わな》かもしれないじゃないですか」

「トルマン……船乗りには絶対に守らねばならない『海の掟《おきて》』ってものがあるんだ」

カストールは面白くなさそうに言った。

「旗、手旗、狼煙《のろし》、特殊な砲弾……艦船の危機を伝える手段はいろいろあるが、そういった救難信号が発せられたのを見た艦船は、相手がどのような国の船で、自分たちがどのような立場の船であろうと、救助にあたらねばならないという掟があるんだ。たとえそれが敵国の船であってもな」

海で一度落水すれば命の危険にさらされる。

もしも不測の事態が起きたときには、必ず助け合わなければならない場所なのだ。

だからこそ有事の際に相手を必ず助けるという保証は、有事の際に自分が必ず助けてもらえるという保証でもある。

これは船乗りたちが守り続けてきた鉄の掟だった。

「そんな国際公約があるのですか？」

「いや、国家同士が定めたものではなく船乗り同士で決められた慣習法だ。しかし、これを無視したことが知られれば、全国の船乗りたちから反発される。自国の船乗りたちからもな。船乗りが一斉に活動をやめれば物流も滞るし、魚も入ってこなくなるぞ」

「なるほど……ですが救難信号を悪用する者もいるのでは？」

たしかに海賊などは救難信号を悪用して救助にやってきた船を急襲……ということも考えられるだろう。しかしカストールは首を横に振った。

「逆にそいつが全国の船乗りや港からそっぽを向かれるだけだ。この救難信号を無視できるのはすでに交戦状態にある相手の船だけ、ということになってるしな。海には海の仁義がある。救難信号という最低限の仁義も守れないような船は、漁船だろうと軍艦だろうと海賊船だろうと、その後一切、海で活動はできなくなるだろう」

「なるほど……そういうものなのですね」

トルマンが納得している間にも、カストールたちの乗る艦は救難信号を発した艦へと近づいていき、その横に付けた。

二つの艦に梯子《はしご》を渡して王国の海兵たちが相手の艦へと乗り込んでいく。

そんな彼らを出迎えたのは若い男女二人だった。

一人は人魚族と思われる美しい少女。

もう一人は白狐《びゃっこ》の獣人族と思われる九頭龍《くずりゅう》刀を腰に差した青年だった。

「抵抗はいたしません。どうか武器をお下げください」

海兵たちが二人を取り囲むと、白狐耳の青年は無抵抗を示すように腰に差していた刀を甲板の上に置き、両手を掲げた。それに倣って人魚族の少女も両手を挙げる。

二人は無抵抗のままカストールの艦に移され、王国の海兵たちは他にその艦に乗っている人物がいないかどうかの捜索を行っていた。

「彼らは一体何者なのでしょうか」

「俺が知るか。当人たちに聞くしかなかろう」

トルマンに尋ねられ、カストールはそう吐き捨てた。

乗り込んできた二人の様子を艦橋から見ていたカストールは、二人が着ている衣類が作りの立派なものであるのを見て、苦虫を噛《か》み潰したような顔になった。

彼らは間違いなく、それなりに身分がある人物だ。

(この時期に、招かれざる客人か……また厄介なことになりそうだ)

カストールは面倒事の予感にそっと溜息《ためいき》を吐《つ》いた。

第一章　招かれざる客人

大陸暦も一五四九年となり、正式な国王として初めての新年を迎えたころ。

リーシアの部屋では今日も元気な声が聞こえていた。

「ほーら、シアン～、カズハ～、おいでー」

「きゃあいー！　だーだ、だーだ！」

「……だー」

俺が赤ちゃん用の木製の柵から外に出されたシアンとカズハに呼びかけると、二人は柵を使って摑《つか》まり立《だ》ちをした。

元気な声はカズハのもので、のんびり間延びしている声はシアンのものだ。カズハはすぐに手を離し、ヨチヨチと一歩二歩と歩いたところで仰向《あおむ》けに転がった。

派手にすっころんだけど、背中に転倒した際に頭を打たないためのクッションが付いたリュック（俺のお手製）を背負わせていたので、カズハは仰向けになった亀みたいに手足をワキワキと動かしていた。

一方のシアンはというと、カズハのように柵から手を離そうとして、怖くてすぐにまた柵を摑むといったことを繰り返し、ようやく一歩を踏み出したかと思うとすぐに地面に手を突いてしまった。

そしてそのままハイハイでカズハの元に近づいていくと、今度はカズハの身体《からだ》に手を突いて立ち上がった。

(妹の身体を踏み台にした!?)※踏んでません
そして立ち上がり、俺に向かって「だっこ！」とばかりに両手を広げたシアンだったが、ワキワキと動いていたカズハの足が身体にぶつかったことでバランスを崩し、カズハと同じように仰向けにゴロンと転がった。

もちろんシアンにも同じリュックを背負わせているので後頭部は守られている。

仰向けになりながらワキワキと手足を動かす赤ん坊が二人に増えた。

そんなシアンとカズハの愛らしい仕草を見て、

「「か、かわいい〜♪　」」

アイーシャとロロアとナデンが声を揃《そろ》えて言った。

みんな目にハートマークが見えそうなほど、可愛《かわい》い二人にメロメロだった。

「まったく……なにをそんなわかりきったことを言ってるんだか」

「ソーマも真顔でなにを言ってるのよ」

腰に手を当てたリーシアに呆《あき》れたように言われた。

その横ではジュナさんが苦笑いをしながら立っている。俺はリーシアに力説した。

「いやだって、子供たちが可愛いのは事実だし！」

「気持ちはわかるけど……親バカすぎじゃない？」

「まあまあリーシア様。可愛いのは事実なんですから」

するとジュナさんが子供たちの小さな手を取ってそれぞれ身体を起こした。

テディベアみたいにちょこんと座る子供たち……愛らしすぎる。

この世界に写真がないのが悔やまれるな。こんなに愛らしい子供たちの成長記録が撮影できないなんて残酷すぎだ。

「子供たちも段々と大きくなってきましたね」

アイーシャが微笑《ほほえ》ましそうにそう言った。

先日、シアンもカズハも大きな病気をすることもなく無事に一歳児になっていた。

まだまだ小さくコロコロしている二人だけど、生まれたてのころに比べればたしかに大きくなっている。親になってわかる誕生日を迎えられることの喜び。

自分の誕生日なんかよりも数倍感慨深いよな。

「まー！　まー！」

「まー……」

するとシアンとカズハが抱っこをせがむように両手を俺たちの前に出した。

「お、抱っこやな。おいでカズハ～」

「じゃあ私はシアンを抱っこする」

ロロアとナデンがそれぞれシアンとカズハを抱っこした。

ちなみに二人ともまだハッキリとした言葉はしゃべれないが、声で意思表示をするようにはなってきた。俺を呼ぶときには「だー」と言い、リーシアたちのことは「まー」と呼んでいる。多分「まー」は「ママ」的な意味なんだと思うんだけど、どうやら「ママ」とは女性全般を指す言葉だと認識しているようだ。

リーシア以外の四人が悪ノリして「ママですよ～」とか言いながらあやしていたせいだろうか。ちなみにこのことについてリーシアが……。

『おっぱいあげてるのは私なのに……』

と、ちょっと膨れていた。あとでアイーシャたちが平謝りしていたっけ。

あー、呼び方と言えばもう一人、子供たちに特別扱いされてるのがいたな。

コンッ、コンッ、コンッ

すると部屋の扉が叩《たた》かれた。リーシアが「どうぞ」と声を掛けると、侍従ドレス《メイド》のカルラが「失礼します」と頭を下げて入ってきた。

するとカルラを見た子供たちは、

「カゥラ！」「カゥラ……」

と、カルラを見て嬉《うれ》しそうに言った。

拙い声ではあるけど、ちゃんとカルラって聞こえる。……そう。

子供たちが初めて憶《おぼ》えた名前は俺でもリーシアでもなくカルラだったのだ。

どうやらシアンもカズハもカルラのことが大好きなようだ。

カルラは子供たちがまだリーシアのお腹《なか》の中にいたころからずっと付き添い、生まれてからもリーシアの傍《そば》でずっと世話をしてくれていたので、この結果もまあ順当ではあるのだけど……でも、やっぱり羨ましいと思ってしまう。

「おっぱいあげてる私より先に名前を憶えてもらえるなんて……」

リーシアがまた膨れていた。俺たちの羨望と嫉妬の眼差《まなざ》しを一身に受けて、カルラは居心地が悪くなったのを誤魔化すように小さく咳払《せきばら》いをした。

「ご主人。宰相殿から政務室に来てくださいとの連絡が」

「……ああ、もうそんな時間か。もっと二人と遊びたかったのに……」

「いいから仕事をしなさい、国王陛下」

未練たらたらで子供たちのことを見ていたら、リーシアにピシャリと言われた。

うぅ……仕方がない。子供たちのためにもやるべきことをやらなくては。

シアン、カズハ、父さん頑張るからな。

「早く行きなさい」

「はい……」

リーシアに尻を蹴られるようにして俺は部屋を出た。

後ろ手で扉を閉めたあとで、ピシャッと一回自分の頬を叩いて気合いを入れた。

さぁ、ここからは国王モードだ。気持ちを切り替えていかないと。

◇◇◇

政務室に着くとすでにハクヤ、トモエちゃん、イチハくんが待っていた。

二人がいるということは頼んでおいた例の物ができあがったのだろう。政務椅子に腰掛けると、イチハくんがやや緊張した面持ちで歩み出て、紙の束を差し出してきた。

「へ、陛下。依頼されていたものをお持ちしました」

「ありがとう、イチハくん」

お礼を言って受け取ると、なぜかイチハくんは困ったような顔をした。

「ん？　どうしたんだ？」

「あの、僕はもう臣下なのですから、『くん』付けはやめてもらえませんか？」

イチハくんが怖《お》ず怖ずといった感じにそう言った。

えっ……あぁっ！　そうだったそうだった！

いまさら思い出したとばかりに手を叩いた俺にトモエちゃんは苦笑いを浮かべ、ハクヤはこめかみを押さえながらやれやれと頭を振っていた。

「すまない、イチハ」

チマ公国からの留学生という扱いだったイチハく……いや、イチハだったけど、この前正式に俺の臣下となることを承諾してくれたのだった。

　イチハが主導して研究を進めている『魔物部位識別法（通称「魔識法」）』は、いずれ出会うかもしれない魔族を研究することにも役立つだろう。だからこそ、魔族とも話せるトモエちゃんの能力と組み合わせて運用できるようにしたかった。

　しかし、トモエちゃんが『魔族と話したことがある』という事実はこの国の最重要機密事項だ。この情報が他国に漏れて、王国は魔族と繋《つな》がっているなどと噂《うわさ》を流されたら、国内が一気に不安定化してしまうだろう。

　そうならないようにこの情報は俺たち家族や上層部のごく一部にしか知らされていなかったし、当然『他国の留学生』だったイチハにも教えることができなかった。

　魔族の研究にはトモエちゃんとイチハに二人三脚で取り組んでもらう必要がある。

　トモエちゃんの能力を打ち明けるためには、イチハには『他国の留学生』としてではなく、この国の臣下として、この国に骨を埋《うず》める覚悟を持ってもらわねばならなかった。

　そこで俺とハクヤとトモエちゃんで王立アカデミー卒業後にはこの国に仕えないかと勧誘したところ、イチハはあっさりと承諾してくれたのだった。

『構いません。姉上の居ないチマ公国に思い入れはありませんから。僕は、僕を認めてくれた人たちがいるこの国で生きていきたいです』

　イチハはそう言って笑っていた。

　こうして確約ができたところで、イチハはトモエちゃんの秘密を知ることになった。

（そういえば……トモエちゃんが秘密を打ち明けたときはおもしろかったな）

トモエちゃんの秘密はトモエちゃん自身に打ち明けさせた。自分の秘密を知ってイチハがどう思うか不安そうなトモエちゃんと、直前にこれから絶対に他言無用な国家機密を教えると俺たちから念押しされていたイチハはガチガチに緊張していて、

『ほ、本日はお日柄もよく……』

『そ、そうですね』

……みたいな、しどろもどろなやりとりをしていた。まるでお見合いだった。

そんなわけで家臣となったイチハに俺は言い直した。

「オホン……それじゃあイチハ。早速見させてもらおう」

「は、はい！」

俺はイチハに渡された紙の束に目を通していく。

イチハに作成を依頼していたのはアルモノに対する資料だった。

その内容を一枚一枚確認して大きく頷《うなず》いた。

「……うん。よくできている。大いに役に立ちそうだ」

「トモエさんや、魔物研究会の皆さんにも手伝ってもらいましたから」

「ハクヤ、さっそくこれを複写して関係者に配布してくれ」

「承知いたしました」

「ご苦労だったイチハ、それにトモエちゃん。もう下がってくれていい」

ハクヤに紙束を渡してから、俺はトモエちゃんとイチハに言った。

「はい、了解です」

「それじゃあ失礼します。義兄様《あにさま》」

二人が退室したのを確認してから、俺はハクヤに言った。

「九頭龍《くずりゅう》諸島へ艦隊を派遣する準備は滞りなく進んでいるようだな」

「ええ。長い時間を掛けて綿密な準備をしてきた計画ですから」

ハクヤは涼しげな顔でそう言ったけど、俺は腕組みをしながら椅子の背にもたれた。

「綿密な準備……ねぇ」

「？　なにか気になることでも？」

「事前にしっかりと準備したところで想定外のことは起こるものだろう？　対アミドニア戦のときだって、カストールに不信感をもたれて反発されたり、ロロアに最後の最後ですべてをひっくり返されたりと、こちらが予想しなかったことばかり起きたしな」

「……そうでしたね」

俺は机の上に頬杖《ほおづえ》を突くと、窓の外を眺めた。

アミドニア戦のときの想定外の出来事は苦い記憶として残っていた。

「またぞろ、なにか想定外のことが起きなければいいんだけど」

「……不吉なことを言わないでください」

ハクヤがやれやれといった感じに溜息《ためいき》を吐いた。

――そして、この発言がフラグとなってしまったのか、数日後、ラグーンシティにいるカストールから『想定外な人物』二名が送られてきたのだった。

◇◇◇

カストールがラグーンシティ近海での哨戒《しょうかい》任務中に保護した人物が、国王である俺との面会を希望したので飛竜《ワイバーン》のゴンドラで送られてきた。

報告を受けた俺はハクヤとアイーシャを連れて謁見の間へと急いでいた。

事前に連絡があれば良かったのだけど、折り悪しく九頭龍諸島への艦隊派遣準備のために伝書クイは限界まで使っていたらしく、また緊急性も高いと判断されたことから飛竜《ワイバーン》騎兵による先触れだけで送ってきたようだ。

そのため、来るという報告を受けてから件《くだん》の人物たちの到着まであまり時間がなかったのだ。まるで『当選発表はプレゼントの発送をもってかえさせていただきます』という懸賞の景品みたいな感じだ、チクショーめ。

「ハクヤ、カストールからの報告だけど……本当なのか？」

国王としての正装に着替えて謁見の間に早足で向かいながらハクヤに尋ねた。

するとと同じように早足で歩いているハクヤがコクリと頷いた。

「はい。身元を証明する物も提示されております。間違いないかと」

「そうか。くそっ、なんでこのタイミングで……」

「まったくです」

ハクヤも鬱陶しそうな顔をしていた。

練りに練った計画に向けて、俺たちはこれまで着実に準備を進めてきた。

そしてあとはもう艦隊を出港させる時季を待つのみ……という状況になってとんだイレギュラーが舞い込んできたのだからそんな顔にもなるだろう。

もしもカストールの報告どおりの人物たちだとしたら、一つ対応を間違えるだけでこれまでの準備が水泡に帰してしまうかもしれない。それは絶対に避けなければ。

「厄介この上ないな。この件、九頭龍王が絡んでいると思うか？」

「私に聞かれましても。直接本人たちに聞いてみるよりないでしょう」

「ったくもう……アイーシャ」

「はい」

「なにが飛び出してくるかわからない。注意しておいてくれ」

「はっ、護衛はお任せください」

アイーシャが腰に差した剣（室内なのでいつもの大剣だと不便なため）の鞘《さや》を握りながら胸甲をドンと叩いた。

俺は隣室で息を整えてから、二人を伴って謁見の間へと入っていった。

玉座のほうへと歩きながら階下に目をやると、報告にあった二人の人物がサッとその場で膝を突き、頭を下げた。

玉座に腰を下ろしたところで、俺は二人に声を掛けた。

「そのような体勢では話しにくいだろう。二人とも面を上げて立ってほしい」

「……承知いたしました」

「はっ」

二人は立ち上がり顔を上げた。

一人は古代中国の宮廷官女のようなヒラヒラとした衣服を纏《まと》い、ウェーブのかかったエメラルドグリーンの髪が特徴的な可憐《かれん》な少女だった。

耳の部分には魚の胸ビレのようなものがあり、人間族ではないことが一目でわかる。

よく見たら手首から肘にかけて伸びているのも振り袖ではなく薄く透明なヒレだった。

報告によると彼女は九頭龍諸島に多い『人魚族』だそうだ。足が魚ではないものの「なるほど」と納得してしまう見た目だった。

もう一人の男性はスラリと背の高い白い狐《きつね》の獣人族だった。

袴《はかま》姿で、いまは謁見のために武器は取り上げられているのだろうけど、腰に九頭龍刀を差せば完全にお侍さんといった出《い》で立《た》ちになるだろう。

顔もハクヤやユリウスに似た怜悧《れいり》な感じの美形で、お侍さんではないが安倍晴明《あべのせいめい》なんかのコスプレをさせたら似合いそうだ。稲荷《いなり》の使いだと言われても信じられる。

そんな二人と向かい合ってみて気になったのは、二人の表情。

白狐《びやっこ》耳の青年は感情を表に出さないように、努めて真顔でいるようにしているといった顔だった。国王と謁見しようとする者としてはごく一般的な表情と言えるだろう。

たとえ敵意があったとしても、それをこの場で出してもデメリットしかないからだ。

もう一方の人魚族の少女はというと……これはもうハッキリと言ったほうがいいか。

目が死んでる。人魚族だけに死んだ魚のような目とかそんな話ではない。

目に生気が無く、元々色白なせいもあるのだろうけど顔色が悪く見えるのだ。

同じ真顔でも白狐耳の青年が感情を出さないようにしているとすれば、この少女は感情が抜け落ちているかのようだった。

悲愴《ひそう》と諦観。

思い詰めすぎて、逆にすべてを諦めようとしているような顔だ。

樹海や断崖に続く道でこんな顔をしている人物に会ったら、絶対に「はやまるな」と声を掛けなくてはいけないような顔をしていた。

しかし、彼女はこの場所に立っている。

そんな中でもこの場に立たせるなにかを、彼女はまだ持っているのかもしれない。

「エルフリーデンとアミドニアの王、ソーマ・A・エルフリーデン殿」

すると人魚族の少女は手を前に組んで俺に頭を下げた。

「まずはお目に掛かれて光栄でございます。私は九頭龍諸島連合を統べる九頭龍王シャナの娘でシャボンと申します。こちらに控えているのは諸島連合に所属する島主であり、私の護衛として同行してくださったキシュン殿です」

「お初にお目に掛かります。キシュンと申します」

シャボン姫に紹介されて、白狐耳の青年キシュンも頭を下げた。

『九頭龍諸島連合王国』

我が国の東の海にある島国の連合国家だ。

名前の語源はかつて『九つの頭を持つ龍』が暴れたという伝承だそうだ。

俺の謎翻訳能力では、竜《ドラゴン》ではなく龍と表記されるのが気になるところだ。キングギドラではなくヤマタノオロチのようなものが暴れたということだろうか。

それがただの伝承なのか、魔物なのか、はたまた聖母竜《マザードラゴン》ティアマト殿が言っていた『古き者』とやらなのかはまったくの不明だ。

島国の集合体という東方諸国連合と似たような国ではあるが、歴史はこちらのほうが遥《はる》かに古い。大陸で滅ぼされた国の王族や残党、迫害された少数種族、政争に敗れて国を逐《お》われた者たち、それに犯罪者など、大陸に居場所がなくなった者たちがこの島々に移り住んだのがこの国の起源とされている。

そのためか人間族のような数の多い種族はこの国には少ない。

エクセルの種族である蛟龍《こうりゆうぞく》族もこの国の島を領有していたようだが、戦争か政争か或《ある》いは天変地異かは知らないがその島を失い、大陸へと戻ってきてラグーンシティ付近に住み着いたという。そういった珍しい種族が九頭龍諸島には多いようだ。

この島より他に居場所がない種族たちが、海の縄張りや島の独立維持をかけて争い続けてきたという歴史があるようだ。

そんな国の成り立ちのせいかは定かではないが、この国の人々は気性が荒く、島ごとの独立心が強い。反骨魂ってやつなのだろうか。

いま現在は諸島にある一番大きな九頭龍島の王（九頭龍王）を諸島連合の長として戴《いただ》いてはいるが、統治は各島の長である島主に任されている。

九頭龍王が幕府の将軍、島主が大名といった感じだろうか。

九頭龍王といえど各島の統治に口を出そうとすれば島民の反発を招くことになる。

それではなぜ各島は九頭龍王を諸島連合の長として戴いているかと言えば、それは外国勢力に対抗するためだった。グラン・ケイオス帝国に勢いがあった時代、帝国は大陸を統一するのではないかという雰囲気があった。

もし帝国が九頭龍諸島に攻め込んできた場合、各島ごとでは到底太刀打ちできないだろう。そのため、もっとも人口が多い九頭龍島の王を盟主として諸島連合を結成し、外国勢力の侵略に対しては島の垣根を越えて共闘する仕組みが作られたのだ。

この連合の結成は、島ごとの独立心が強いこの国の人々にとって、異例中の異例とも言える対応だった。逆に言えば、外敵の侵略がないかぎり、島同士が共闘することはまずないと見ていいだろう。

九頭龍諸島連合ができてからは島同士の争いもほぼなくなり、交易も盛んに行われるようになったというのに、この習俗（もはや悪習と言ってもいいだろう）はいまもなお根強く残っていた。

話を現在に戻そう。

その九頭龍王の娘が目の前のシャボンであり、シャボンに護衛として付いてきた島主がキシュンだという。この国では姓と名が短く一緒に呼ぶ風習があるそうだ。

そして日本や中国などと同じで姓が前に来るらしい。

『劉備《りゅうび》』とか『曹操《そうそう》』とかそんな感じなのだろうか。もし九頭龍王シャナ殿の字が漢字で『遮那』だったら、シャボンは『遮凡』か『遮盆』といったところか。

そんな二人がこのタイミングで、予告もなしに現れる。面倒事の予感しかしない。

「いかにも私がフリードニア王のソーマ・A・エルフリーデンです。早速ですが、シャボン殿。なぜ先触れもなく我が国に来られたのか。しかも哨戒中の我が国の艦に保護されるなど、外交問題に発展してもおかしくない行為だ」

名乗りながらそう尋ねると、シャボンは深々と頭を下げた。

「数々の非礼をお詫《わ》びいたします。どうかお許しください。私はどうしてもソーマ殿と直接お会いしたかったのです。そして是非とも話を聞いていただきたく」

「話……ですか」

いま、このときに、なんの話があるというのか。

「この国と貴殿の国がいま緊張状態にあることは当然知っていますね？」

「もちろんです」

顔を上げたシャボンがコクリと頷《うなず》いた。やはり知った上での行動か。

「この件にシャナ王は絡んでいるのでしょうか？」

「……いいえ。お父様とは関係なく、私は、私の意思でいまこの場にいます」

「シャボン殿の独断ということですか……」

ああくそっ、面倒事確定か。内心で舌打ちをしつつ隣に立つハクヤを見ると、ハクヤもやれやれといった感じで嫌そうな顔をしていた。

一方アイーシャはと言うと、キシュンに「陛下に危害を加えるつもりならただじゃおかない」とばかりに睨《にら》みを利かせていて、会話は聞き流しているようだった。

俺はシャボンに尋ねた。

「シャボン殿は、現状を理解しているのですか？」

「はい。戦が迫っているということも」

生気のない瞳でシャボンは答えた。

「私たちの国の漁船団がこの国の近くで密漁を行い、この国の漁民たちの生活を脅かしてしまいました。そしてその密漁船団にお父様は……九頭龍《くずりゅう》王は軍艦を付けて公然と護衛しています。ソーマ殿から何度も抗議の文が届けられているというのに」

「……」

「そしてソーマ殿はこの状況を打破するべく、私たちの国との開戦を決意されたのでしょう？　グラン・ケイオス帝国からの使者が各島主にそう訴え『人類宣言』に加盟するように提案しています。しかし、独立心の強い島主たちはそれを選ばないでしょう。むしろ外敵が来るならばと九頭龍王と共に迎え撃つ準備を整えています。近いうちに……海上にてこの国と私たちの国は雌雄を決する大海戦を行うことになるでしょう」

……まあ、大方予想どおりの解答だった。

「それがわかっていて、なぜいま、この国に来たのです？」

俺が溜息《ためいき》交じりにそう言うと、シャボンは生気の無い瞳のまま、まっすぐに俺のことを見つめながら言った。

「どうか私を、貴方様《あなたさま》の〝道具〟としてお使いください」

俺が、この国を変えてやる！
コミックスシリーズ好評発売中!!
GARDO COMICS
現実主義勇者の王国再建記
漫画:上田悟司
原作:どぜう丸　キャラクター原案:冬ゆき
COMIC GARDO
コミックガルド
オーバーラップ発 WEBコミック誌
https://comic-gardo.com

作品のご感想、
ファンレターをお待ちしています

あて先
〒141-0031
東京都品川区西五反田 8-1-5 五反田光和ビル4階
オーバーラップ文庫編集部
「どぜう丸」先生係／「冬ゆき」先生係

参考文献
『マキアヴェリ戦術論』ニッコロ・マキアヴェリ著　浜田幸策訳（原書房　2010年）

OVERLAP

現実主義勇者の王国再建記 XII

発　　行　2020年4月25日　初版第一刷発行
　　　　　2021年9月2日　　第三刷発行

著　　者　どぜう丸

発 行 者　永田勝治

発 行 所　株式会社オーバーラップ
　　　　　〒141-0031　東京都品川区西五反田 8-1-5

校正・DTP　株式会社鷗来堂

印刷・製本　大日本印刷株式会社

Printed in Japan　ISBN 978-4-86554-646-0 C0193

オーバーラップ文庫
本能寺から始める信長との天下統一
HONNOUJI KARA HAJIMERU NOBUNAGA TONO TENKATOUITSU
信長のお気に入りなら
戦国時代も楽勝!?
高校の修学旅行中、絶賛炎上中の本能寺にタイムスリップしてしまった黒坂真琴。信長と一緒に「本能寺の変」を生き延びた真琴は、客人として織田家に迎え入れられて……!?　現代知識で織田軍を強化したり、美少女揃いの浅井三姉妹と仲良くなったりの戦国生活スタート!
著 常陸之介寛浩　イラスト 茨乃
シリーズ好評発売中!!

オーバーラップ文庫
ハズレ枠の【状態異常スキル】で
最強になった俺がすべてを蹂躙するまで
手にしたのは、絶望と——
最強に至る力
クラスメイトとともに異世界へと召喚された三森灯河《みもりとうか》。E級勇者であり、「ハズレ」と称される【状態異常スキル】しか発現しなかった灯河は、女神・ヴィシスによって廃棄されることに。絶望の奈落に沈みつつも復讐を誓う彼は、たったひとりで生きていくことを心に決める。そして魔物を蹂躙し続けるうち、いつしか彼は最強へと至る道を歩み始める——。
著 篠崎 芳　イラスト KWKM
シリーズ好評発売中!!

オーバーラップ文庫
ひとりぼっちの異世界攻略
チートに頼らず、
チートを超えろ――
[“最強”にチートはいらない]
高校生活を“ぼっち”で過ごす遥《はるか》は、クラスメイトとともに異世界へ召喚される。気がつくと神様の前にいた遥は、数々のチート能力が並ぶリストからスキルを選べと告げられるが――スキル選びは早い者勝ち。チートスキルはクラスメイトに取り尽くされていて……!?
著 五示正司 イラスト 榎丸さく
シリーズ好評発売中!!